天《あまつ》風《かぜ》×《に》通《かよう》雲《くも》

二ツ木 斗真
Touma Futatsuki

文芸社

この小説は、あくまでもフィクションです

目次

主な登場人物

佐藤《さとう》　笙太《しょうた》　霊が見える高校生
キワさん（祖父江《そぶえ》侑一《ゆういち》）　笙太と共にいる幽霊
唐澤《からさわ》　諒平《りょうへい》　笙太の親友
田中《たなか》　昴《すばる》　笙太の親友
小安《こやす》　美里《みさと》　笙太の同級生。意識不明の状態
小野塚《おのづか》　花音《かのん》　美里の親友、笙太の初恋の相手
橿原《かしはら》　理英子《りえこ》　キワさんの友。美里が入院している病院の看護師長。通称「姫」
葉山《はやま》　祐司《ゆうじ》　キワさんの友。笙太の選任弁護士。通称「葉《は》ーさん」
神門《みかど》　毅弥《きや》　刑事
十目井《そめい》　仁人《あきと》　病院の理事長

プロローグ

その日も、国分寺崖線に連なる裏庭の林は、濃い緑に陽の光が差し込んで、薄暗い中に煌きが降っていた。戦後の復興に湧く東京にあって、明治時代に別荘地として開かれた土地柄《がら》が幸いして戦火を免れたものの、復興とは縁遠いまま、手つかずの自然に恵まれた林が続いている。

その道なき道を歩む二人の子どもは、ずっと以前からの交わりで、こんな場所で遊ぶ程度には親しかった。その友誼《ゆうぎ》は先祖由来で、ゆえに、二人の父親もまた、家柄を縁とした幼馴染だった。

国立の大学で教鞭を執っていた小安秀飛《こやすほっひ》は、江戸時代から続く国文学者の家系で、東京の瀬田の国分寺崖線付近に屋敷を構えていた。秀という字を『ほつ』と読むのは、国文学者らしく古字に由来している。この読みには突き抜けるという意があって、代々男子は秀真、秀樹、秀人などと名付けられてきた。

そして、秀飛の幼馴染であるもう一人の父親は、何代も続く医者の家系で、等々力の国分寺崖線を後ろに随えた総合病院を持つ、十目井仁《そめいじん》といった。小安家とは、江戸時代から続く主治医の家柄としての関係があった。

この二人を親に持ったのが、件《くだん》の子ども達、小安翔三と十目井仁人《あきと》である。息子達の名に自分や先祖の名前と関連付ける行いは、長い歴史の中に多く見られたが、二人の父親達の場合、深厚の末とは思い難い。

ただ、小安秀飛の方には、戦中国是の欲するに従った国文学者としての立場に嫌悪があったのか、または先祖の頸木《くびき》から自由にしてやる意志でもあったのか、翔三は尻取りの如く飛翔と続くように名付けられた。

もしかすると、敗戦後の意識の変化に因を求めることができたかもしれないが、余人の知るところではなかった。

そして、十目井仁は、仁人と一字加えただけの上、知己がいるという理由で、戦中の教育が色濃い世代であろうに、皇華族に読み方を倣うという、不敬に相当する行いをしれっとしてみせた。

だが、十目井仁の場合、不敬というよりは、あるいは敗戦に思いを致すよりは、医者というのが快々にして理系らしい無頓着さを備えているという証左のようであった。

要は、深く考えることなく、既存の知識から鷹揚に名付けたというのが真相のようだ。

昭和も四十年代末、戦前戦中の意識が緩やかに解けていたこともあったかもしれないが、当人は意識してもいなかっただろう。

ともかく、子ども達が知り合ったきっかけは、翔三の父が健康診断のために十目井病院を訪れた際、同じ年頃だからという理由で息子を伴って来たことだった。彼らがまだ学童にも達していない年齢だった。

以来、健康診断後に二人の父親が茶を喫する間、病院の裏山で遊ぶのが習《なら》いとなった。夏休みということもあって、二度目以降は、虫かごと虫取り網を持って行ったのは言うまでもない。

さて、普通の少年達なら、甲虫《かぶとむし》や鍬形虫《くわがたむし》、飛蝗《ばった》などを採集したら、戦わせたり、紐をつけて飛ばしたりしそうなものだが、彼らの遊びは一風変わって、否、狂気じみていた。

緑豊かな国分寺崖線は、虫取りに最高のシチュエーションを提供してくれる場所なので、近所に住む少年達の憧れの地であった。だが、この二人は自分の屋敷の敷地内にこの崖線を含んでいるので、虫は捕まえ放題だし、捕《と》った虫をいかように扱おうと誰も疑問を呈しはしなかった。二人の独壇場だった。

一人が、虫かごから大ぶりの揚羽蝶を取り出すと、徐《おもむ》ろに平らかな大石の上に広げた。

「これからカイタイするんだよ」

「カイタイって？」

「見てて。オモシロイから」

そう言って小さなカッターを取り出したのは、十目井仁人少年だった。病院の後継を担う一人として、幼少より過剰な期待を背負ってきた彼は、たとえ行動に不可解な点があっても、過重な勉強量をこなしていれば、誰からも注意されなかった。

ゆえに、命を軽んじた虫の解体すら、医者になる過程では不自然な方向性ではないという半端な理由で、誰も止めようとはしなかった。繰り返し行われた作業ゆえに、すっかり手慣れた様子で蝶を解体し始めた。

「ほらね。生き物の中身なんてこんなもんなんだよ。がっかりした？」

ぎらぎらとした視線を手元に向けていたもう一人の少年が、首を横に振った。

「ううん、すごくオモシロそう」

「たいしたことないよ。翔ちゃんもやってみなよ。ほら、カッター、かしてあげる」

「うん、仁《あき》ちゃん、やってみる」

気軽に手渡されたカッターを片手に、虫かごからミンミン蝉を出したのは、小安翔三少年だった。こちらの少年も、代々続く国文学者の後継というより、家柄を守るべき継嗣として息苦しい毎日を義務付けられていた。

優等生たるを求められ普段の生活が儘ならない翔三少年は、自分の小さな手の中で羽をばたつかせる蝉の命を握って、例えようもなく高揚した気分を味わっていた。

「カッター、使ったことある?」

「ううん、初めて」

「じゃ、おしえてあげる。こう持って」

「こう?」

「そうそう。このへんをそっとだよ」

「ああっ、ハネがうごかなくなったね」

「ねっ、あっけないでしょ」

「うん、でも、仁ちゃん、もっとやってみたいよ。いい?」

　こうして一本のカッターをやりとりしながら、虫の命を弄ぶことに、暫く夢中になっていた二人だが、捕まえた虫を全部解体してしまうと、この遊びには飽きてしまった。

「ね、仁ちゃん、お父さまとヤクソクした時間までまだあるよ。何してアソぶ？」

　互いに、子どもにしては高価にすぎる腕時計で時間を確認して、わくわくしながら予定を話し合った。

「うん、おベントウを食べたら、林をタンケンしようよ。翔ちゃんも、あっちの方は、まだ行ったことがないよね」

「うん。タンケンしよう。いくら広い林だって言っても、病院のヤネが見えているから、マイゴにはならないだろうしね」

「カイタイした石をテーブルにしようよ」

「きたないけど、この手ぬぐいでふいちゃえ。どうせあらうのはお手つだいだし」

　つい先ほどまで、虫を解体していた石の上に食べ物を広げることにも、虫から出た体液を手拭いで拭くことにも、何の抵抗もない二人は、シートを石の上に広げて、軽食をぱくついた。小さなお握り数個だから、食べ終わるのに十分とかからなかった。

それから、水筒をはじめ虫取り網や虫かごなどをナップザックに詰めると、探検開始だ。

「翔ちゃんはどっち行きたい？」

「そうだな。こっち行こう」

そうとは知らずに林の中でも奥深く暗い方に向かって、二人は歩き始めた。

大きな蜘蛛が飛蝗を捕らえているところを見たり、葉を這う幼虫を掴《つか》んであてっこしたりする様子は、幼子特有の残酷さはあるにしても、普通の少年とそれほど大きく違うようには見えなかった。

けれど、命を軽んじる行為に愉悦を感じる精神構造を見逃さなかったモノがいた。

それは、光は届いていないけれど闇というほど昏《くら》くはない開けた場所へと、疑いや危うさを抱かせぬよう二人をそっと導いた。興味を引く昆虫を操り、二人の目に付くような場所に移動して……徐々に鬼哭啾啾《きこくしゅうしゅう》と渦巻く霊場へと誘った。

「あれっ？　翔ちゃん、お正月のカガミモチみたいな石があるよ」

「でも、仁ちゃん、これ五だんがさねだよ。かい犬とかのおハカかも」

「ずいぶんヨゴれてるね。アラったら、何か書いてあるかもね」

「あ、仁ちゃん、あそこにワキミズがある」

「翔ちゃん、上から一こずつアラおうよ」

「うん、そうしよう」

「よいしょ」

二人は、一番下の大きな平石の横に『崩す勿れ』という警告板が落ちていることに全く気が付かなかった。気付いても読めたかどうかは疑わしい。古い漢字が使われていたし、その板はすっかり朽ちていたから。

彼らを導いた例のモノにとって、極めて都合よく事が運ばれていた。

一番下の大きな平石を二人がかりで移動すると、湧水で丁寧に洗って戻そうとした。だが、残念なことに、平石をどけた途端、二人が目にすることはなかったが、昏い靄《もや》がどんどんうねるように流れ出て、夢中で洗っている二人の背中へと侵入していった。

殊に翔三の背中には、忌まわしくも嬉々とした濃い靄がすさまじい勢いで集中した。

平石を戻す途中、急に気分の悪くなった二人は、石を全部放置して慌てて林から出た。父達のいる院長室に急いで戻った彼らは、驚く父達に急遽家に連れ戻され、それから三日三晩原因不明の高熱に苦しんだ。

高熱が突然下がりそれぞれの家で目覚めた二人は、こっそり虫の命を弄ぶような卑屈さは霧散し、探るような目で周囲を見回し、不敵で残忍な笑みを浮かべる狡賢《ずるがしこ》そうな男児に生まれ変わっていた。昏い靄が二人の中で定着したからだ。

ただし、元々残酷な行為を好む傾向にあったため、周囲の誰もが気付かないような変化であった。ゆえに、昏い靄にじわじわと支配され、見鬼《けんき》の（幽霊が見える）才がある者も身近にいなかったせいで、全くその存在が取り沙汰されることがないまま、二人は成長した。

第一章　夏休みには騒動が付き物

時は流れ、二〇一五年の夏。幼かった小安翔三はすっかり成人し、家族に恵まれ世間的には幸福だと思われる時期もあった。だが、今は犯した大罪で府中にある刑務所に収監され、裁きを待つ身である。

幼少の砌《みぎり》流れ込んだ昏い靄の大部分と同居して数十年の時を過ごしてきた彼は、それらの全面的な賛同を糧に見事にその人でなしぶりを開花させ、自分の身内を手前勝手な理屈で手に掛け続けた。その挙句、一人娘の美里を操って自分の穢れた所業の身代わりとし、あまつさえ彼女の無二の親友小野塚花音の命を奪った上、その罪を押し付けようとした。

だが、娘の背に隠れて行ったはずの悪行は、一人の高校生とその背後霊（？）のコンビの活躍で、それに気付かぬまま、当人の与り知らぬ経緯で白日の下にさらされてしまった。大体警察の捜査力を舐めた行動が永遠に続くわけもなく、結果、真犯人として馬脚を現すことになったのだ。

そして、今である。

地位と家系によって自由を享受してきた翔三が、何の自由もなく、ただ規則に従って生きているだけの存在になり果てたことに、本人以外にも不満を抱くモノがいた。

例の昏い靄である。

――なぜ、同じ場所にいる？――

――なぜ、何もできない？――

――なぜ、血のニオイがしない？――

渦巻く疑念に翔三は全く答えられないまま、二度と陽の光を浴びることのない絶望感に苛まれていた。彼の感情に依存してきたモノは、すぐにそうした状況を忌避しようとした。

――ココは、もはや居心地よい場所ではない！――

――支配しても満足を得られない！――

――コレは、もうワレらに同調できないということだ！――

昏い靄は、稚拙な思考で考える。

――そうだ、あの時もう一人いた――

――すぐそばに似た心根のモノがいた――

――確か、ワレらの弱き部分が流れ込んでいたはず――

――コレほど強い悪性は期待できないが、とりあえず意のままにできよう――

――あわよくば、アレの周辺で、もっとよい物件を見込めるかもしれない――

――アレに入ろう――

昏い靄は、物理的な距離と関係なく自分の一部だったモノに感応し、十目井仁人を求めて一気に翔三の体から飛び出した。

簡単だ。元いた場所のほど近く、今もなお、死と間近に接するところ……あの病院だ。アレを目指して、昏い靄は大挙して移動したが、真夜中のことで、それを目撃した見鬼の者は誰もいなかった。

十目井病院の理事長室で、訳あって仁人を監視していたはずの二人の霊体は、今は仁人の中にある。翔三のモノに比べるとそれほど強力ではないが、それなりに力のある昏い靄の暴挙を抑制するためであった。

ただ、昏い靄の欲望に取り込まれず、自分達の意識を維持するのに、大変な労力を要していた。そのため、外界と意識が隔てられてしまって、生者死者を問わず知己の誰とも接触することが適わなくなっていた。

自分達の肉の記憶を留めている縁の深い人物が療養している病室に、その後の具合を訊きに行くこともできずに、暫く経つ。見鬼の才がある看護師長、樫原も、時々心配そうに仁人を観察している様子だ。だが、二人の霊体は、連絡方法が分からないまま、師長の視線を感じるのみだった。

そうこうしているうちに、別の昏い靄が大量に仁人に入り込んできたが、それまでとは比べ物にならない負荷に、仁人の中で二人の霊体とも己を保つのがやっとだった。ともすると取り込まれそうになる意識を、一緒にいることで何とか覚醒させていた。

成り行きとはいえ、昏い靄にとっては、自分達に馴染まない二人はひどく邪魔な存在であった。相容れぬ存在に業を煮やし、やがて仁人の体から吐き出すことになるのだが、暫くは共生することになった。

ゆえに、この二人の霊体が、自分達が霊として存在していることを知っている人々に、非常に悪質な昏い靄の増加を伝えることができたのは、残念ながら随分後になってからのことだった。

第一節　終わって始まる夏休み

幽霊というと、おどろおどろしく暗い中から登場するイメージがあって、あまり明るい場所にいる映像は思い浮かばないだろうと思う。テレビでもスタジオを暗くして語るのが常套手段だものね。暗くないと怖さが増し増しにならないからだろうけど。

だけど、霊というのが生前の想いや記憶で形作られているとしたら、あるいは心そのものだとしたら、陽光のあるなしは関係ないはず。吸血鬼じゃあるまいし……単に周囲が明るいと、肉体がなくて薄れつつある姿が、明瞭に像を結ばないからじゃないかと思う。

実際、おいらだって、どんな時間帯でも笙ちゃんからは見えているもんね。

って、あ、いけない。自己紹介が遅れた。

おいらを知っている人は、みんな、おいらをキワさんと呼ぶ。由来は、『きもちわるい奴』のキとワ。不名誉な謂れだけど、生まれて初めての綽名だったので、大切にしている。

そして、一番重要なのはおいらが幽霊だってこと。幽霊キワさんであるおいらは、おいらが見えて、おいらと喋れる佐藤笙太君こと笙ちゃんという高校生と大概一緒にいる。

これは、おいらと笙ちゃんにまつわる不思議なオハナシである。

二〇一五年七月二十一日火曜日。

高校二年生の笙ちゃんは、本日一学期の終業式である。すったもんだの末、幽霊が見えるとカミングアウトした友人二人、唐沢諒平君と田中昴君とは、やっぱり仲良しのままで、今日も朝からつるんでいる。

つるんでいるというより、一緒にいるだけでクラスメイトから拝まれる図式……。というのも、笙ちゃんと諒平君が仲良くなるきっかけにもなった身長の高さ（二人とも今では一九〇センチ近くあるからね）ゆえに、仕方なくだけど教室の最後尾に机が並んでおり、室内に睨みを利かせている寸法だからだ。いつの間にか浅草寺《せんそうじ》の阿吽像扱いになってしまったんだよね。

そこに背の低い昴君を挟むと、川の字のようで阿吽達が守っている感満載な上に、温厚な顔にふっくら体形が各種の仏像を想起させるからねえ……おかげで、仲良しというだけで一緒にいる昴君までも浅草寺絡みで観音君と呼ばれ、三人合わせてありがたい存在として、朝から拝まれているという次第である。

(『今日も一日、クラスを守ってください』と手を合わせて言われても無理だし)と思う諒平君と昴君とは違って、笙ちゃんてば極真面目な表情で「今日一日幸あれ」などと手を合わせて返している。

おいらとしては、見鬼の才のせいで人とあまり関わってこなかった笙ちゃんが、級友と仲良くしている姿は嬉しいので、ちっとも気にならない。だけど、でこぼこコンビの友人達は、「返事、するんかい!」などと、小さく突っ込みを入れて遠い目をしている。

――うん、ちょっと前のことを思えば、平和だからいいじゃん――

何のこと? と不思議そうに振り向く笙ちゃんにしか聞こえてないけど、突っ込みに返しておく。この友人達といると、おいらも何だか楽しい。何しろ、幽霊になった年齢は高校二年生だったからね。同調ってやつ?

おいらの知己達からは、「タイプ、全く違うんじゃないの。羨望まじり?」「そうか。

こういう関係になりたかったのか。それは申し訳なかったなー」などと言われるだろうから、鬱陶しいので特に暴露はしてない。それでも、うるさいやい、気分は高校生なんでい。と心の中で反論しておく。

おっと話が逸れすぎちゃった。終業式ということは、明日から夏休みのはずだけど、高校二年生に休みはない。大学受験に向けた夏期講座に、部活に、休み明けの文化祭に委員会と、生徒の中心になって活動することが多々ある。

よって、登校する予定は、笙ちゃんだけでなくて誰しも目白押し。お盆前後の十日程度は学校閉鎖期間なので、基本登校はないけど、なんだかんだ皆予定が詰まっている。塾とか合宿とか帰省とか……あと、遊びとか。合宿は校内でやるらしいから、結局学校に行くことになるみたいだけど。

そのため、講堂での式の後、各教室で、通信簿（って、今は言わないか）もとい成績表が手渡され、休み中に関するプリント類や追加の宿題が配布され、担任から注意事項をあれこれ受けると、さあ帰宅、とはならなかった。

笙ちゃんのクラスはまだ文化祭の出し物が決まっておらず、生徒会から槍（矢どころの殺傷力じゃないのね）の催促が来ている。会長よりも、取り巻き、じゃなくて会計とか書記とかのお姉さま方が、非常に怖いらしい。

クラス委員が、実行委員と出し物を決めるのに時間をくれというので、ブーブー文句を言いながらみんな居残っている。義務的にやれるお楽しみ行事なんて高校までなんだから、とっぷり楽しめばいいのにと思うのは、もう二度と高校生に戻れないからだろうか。

しかし、その後、おいらは思わず『お見事』と呟《つぶや》く羽目になった。何しろ、面倒くさいので誰もが忌避しそうな実行委員四人が、クラス委員の提議を聞くまでもなく、あっという間に決まったのだから。

そう、クラスマッチの実行委員で活躍した野田君が、友人を指名しつつ立候補したのだ。指名された友人がやる気かどうかは置いておくとして、遣り手である。ほかに立候補がいるわけもなく、あっという間にクラス委員と場所を交代した彼は、早速出し物について意見を求めた。

「板書するからどんどん言って。ただし、体育館とか音楽室とかは既に埋まっているから、この教室でできることね」

「テッパンで、劇は？」

「教室だから、出演人数が限られんじゃね？」

「二交代制にすればいいじゃん」

「お前が脚本書いてくれるならいいよ～」

「誰が書くかっ！」

「何より練習とかめんどいよな～」

教室内に、猛暑の中練習する場面をアンニュイに想像する雰囲気が漂った。それを察した野田君が「台本もない、時間もない」と却下した。すかさず大人しそうな女子がそっと手を挙げた。

「じゃ、これは×で。お、ご意見どうぞ」

「あの、朗読会はどう？」

「それは準備が簡単そう。ありね」

「読書好きがいっぱいおるから、イケイケ？」

「イケイケって、使い方どうなの？」

「本の選定よりも読み手に難ありとみた～」

「確かに、王女も王子もおらんもんなぁ」

「それに呼び込みも難《むず》そうだよ」

「惜しいっ。なしでいいかな？　なら、次！」

言い出しっぺの女子が残念そうにしているところに却下を確認しつつ、野田君が次の意見を求めると、すぐに男子が声を上げた。

「幽霊屋敷は？　人は来るぞ」

「んだけど、教室でやるのは厳しくね？」

「机を重ねるとかで高さを出すと、安全面で待ったがかかりそうだしなぁ」

「だと、小学生レベル？」

「で、いいならな」

「高校生の矜持が許さね～。ねぇな」

「ん～これもなさそうだなぁ」

――なぁんだ、やんないの？　おいらの出番だと思ったのにさ――

（誰も気が付かなきゃ出番も何もないよ）とでも言いたそうな笙ちゃんの視線が若干痛いけど、おいらは楽しい。誰にも聞こえないかもしれないけど、会話に交じってる気持ちなんだもんね。そんな視線のやりとりを二人でしているうちにも、話は進んでいる。

「じゃぁさぁ、メイド喫茶！」

「『趣味かっ⁉』」

「女子のメイド姿、じゅるるっ、いいねぇ」

「『変態は黙ってなさいね』」

「ありがちかもなー。どっかのクラスがやるんじゃね？」

「でも、簡単なメニューなら準備は楽チン？」

「ならば、ぐふふふふっ、メンズメイドは？」

「お前、密かに腐女子だったのかっ」

「『『『わぁ、見てみたいかもぉ』』』」

「『げぇっ、女装とかっ！　きもっ』」

「女子の圧倒的賛同を得てそれで決まりな」

「あ、喫茶より甘味処は？　団子に黄な粉と餡子とかって、ケーキより準備が楽かも」

「いいね〜、そういうの、作れる人いる？」

「あ〜、僕できるよ〜」

なんと、見鬼の才を隠すために目立たないように生きてきた笙ちゃんが、自分から手を挙げた⁉　メイド回避のため？　たとえそうであっても、信じてくれる親友の存在が、勇気の素に違いない。その成長ぶりに、幽霊なのにおいらの鼻はツーンと痛んだ。

「あああん？　そうだった。王子はおらんけど阿吽君達おるやんけ。これを生かさない手はねーぞ。店の名前、〈メンズメイド喫茶　阿吽の苑〉とかよくね？」

「『センスなっ！』」

「マジ紙一重っ」

「でも、ほぼほぼ採用でね？」

「センスはともかく、いいんじゃね？　顔写真付きの等身大の像とか三体飾って、『拝めばご利益あり』にしたら、人気でんじゃね？」

「いいっ！　呼び込みが簡単」

「飾りつけの方向性もそれなっ」

「うちのクラスらしいって」

「おもしれぇ〜、美術部どうっ？」

「あ〜、像はぼくらで何とかできると思うよ〜。でも飾りつけは別の人にしてくれよ」

「そうねー、全部は無理ぽよね」

「あ、アタシ達、料理も裁縫も果てしなく縁遠いから、そっちやるわ〜」

「んー、浅草寺な雰囲気でシクヨロ」

「破れ寺っぽくしろ。涼しげだし」

「えー、嫌かもぉ」

「お化け屋敷じゃないっつーの」

「そこはお任せだろっ？」

「あ、それ以外で家庭科が普通にできる面々は、衣装作りで決まりね」

「メイドの面子《メンツ》、教えて。採寸するし」

「華奢な男子中心でよろしくぅ」

「てか、いかついって。俺、太マッチョだし」

「おぉうっ。ムキムキ。だと、既製品は無理？」

「ふりふりのエプロンで胡麻化そうよ」

「ゴスロリがいいっ。スカートはマストね」

「って、いかつい体形のゴスロリってあり？」

「寧ろ着物かドレスか……」

「あー、夢が広がるところ悪いけど、なるべく安く済む方法でよろしく頼《たの》むわ」

「予算次第ね～。お任せあれぇ」

息が合っているのか、最低線で話を終わらせたいのか、どんどん決定事項が増える中、口を挟めず黙って周囲を見ていた諒平君が、サラサラと長い前髪を掻《か》き乱して突然叫んだ。魂の叫びかというほどの大声だったので、周囲がシンと静まった。

「ちょっと待てっ！　顔写真付き阿吽像？　ということは出ずっぱりと同じじゃねーか。メイドも恥《は》ずいけど、拝まれるような像も恥ずいじゃん。勘弁してくれ～～」

そこへ、すかさず昴君がぽっちゃりした手を挙げて提案する。いいコンビじゃないの。

「諒平と私は裏方にしてもらいましょうよ。私達ばかり恥ずかしいお役目なのは不公平ですからね。メイド役はほかの男性にお願いして、笙のお手伝いが妥当だと思いますよ～」

「なぬっ？　お前らに期待してたのにぃ。俺だって、メイドはいやじゃゃ～」

「うぉぉ、三人も抜けるんかぃ〜」

「なら、まさかのオレもメイド？」

「大丈夫。気持ち悪さでナンバーワンよぉ」

「ううっ、汚濁デュオと呼んで」

「ついに自虐に走ったわね〜」

「源氏名をかわいくすればいいじゃん？」

「って、おい。寺じゃねーのかよ……」

という誰かの小さな呟きはすっかり無視されて、女装で話は盛り上がっている。

「やっぱ女装じゃん！　まじで嫌ぁ〜〜」

「え？　僕は、ちょっとやってみてぇかも」

「あ、オレも何だか興味が……」

「興味のある奴だけでやれよ〜」

「嫌そうな男子がやるのが、面白いのよー」

「あたしお化粧得意なの。うふっ、綺麗にしてあげるから、ねっ」

「うぎゃぁ、綺麗になりたくないぃぃ」

「あれこれ意見はあるようだが、時間はもうない。俺もメイドやるから諦めろ。背に腹は代えられん。実行委員特権で、これで決定」

「どの辺りが背で腹なんだよ？」

という謎の突っ込みを躱しつつ、野田君は一刀両断した。

「抵抗は無駄だ！　その他大勢は女装が嫌でも諦めろっ」

「うえっ、残酷ぅ」

「それに、この野田には、ふふふの腹案がある。よく考えろよ、今後行事はほかにもあるんだぜ〜。ここはひとつ唐澤達三人の要望を受け入れようではないか」

そう言うと、野田君の目が眼鏡の奥で妖しく光った。笙ちゃん達は『腹案』に不穏な響きを感じながらも、周囲の賛成ムードの勢いのまま、〈阿吽の苑〉という甘味処で決定したことを受け入れざるを得なかった。

おいらの心配を他所に、気が付けば、調理担当から、テーブル類といった設備、会場設営、衣装、メイド役まで役割が決まり、あとは実行するのみ。一説によるとイベント制作会社に就職希望らしい野田君の手腕、恐るべし……。

ああいうお役目が苦にならないとは羨ましい限りである。生前のおいらとは対極にあるもんなあ。そういえば誰かが〈お祭り男〉と呼んでいたけど、ぴったりだねえ。

などと、感慨に耽っている間に、生徒諸君はあっという間に教室から消えていた。

かくして、文化祭実行委員会と生徒会には、内容が丸わかりになるように〈甘味処阿吽の苑（ルビ付き）〜メンズメイド喫茶〜〉という届け出がなされたのであった。

第二節　姫、大いに語る

　さて、笙ちゃん達が高校生活を満喫（？）している間、おいら達大人もぼんやり過ごしていたわけではない。

　おいら達とは、〈おいら〉こと祖父江侑一《そぶえゆういち》と、十目井病院の看護師長である〈姫〉こと橿原理英子《かしはらりえこ》と、笙ちゃんが〈葉《は》ーさん〉と呼ぶ弁護士の葉山祐司《はやまゆうじ》の三人である。

　ちなみに、おいらはもちろん幽霊キワさんね。

　お洒落にほぼ興味のないほぼ制服的な二人と違って、お着替え自由のおいらはいつでも好きな格好である。今は、生成りの麻の上下に黒い革サンダルと白いカンカン帽で決めている。ふふんどうよ。

　おいら達三人の仲は過去に遡る。弁論部に一緒に所属している高校の同級生だった。そして、その弁論部には、他にも同級生がいて、十目井仁人をはじめとした四人のお馬鹿さん達が在籍していた。姫を狙う四人組は、味噌っかすのくせに姫と葉山に守られているおいらが、ともかく気に食わなかった。

四人のうち誰の発案かは知らないけれど、悪辣な手段で、おいらが高校の屋上から飛び降りるように仕向けた。学校指定の標準服を着せた〈姫〉もどきの人形をおとりにされて、従わざるを得なかったのだ。それがたとえ葉山もどきであっても、大切な友人を犠牲にしたくないおいらは、従ったに違いない。

そして、こんな状況のわけだ。

あの時、おいらが救急搬送されたのが、この十目井病院だったこともあり、また、姫がこの病院で看護職に従事することを選択したこともあり、結果、長らくおいらはこの病院と関わり続けてきた。

更に、去年になって、今も記憶を消せない例の事件が起きた。そのせいで、親友殺しの疑いをかけられた笙ちゃんの同級生である小安美里《こやすみさと》ちゃんが、意識を取り戻さないまま入院したのだ。経緯はこうだ。

美里ちゃんは、笙ちゃんの初恋の人、小野塚花音《おのづかかのん》ちゃんの親友である。不幸なことに美里ちゃんには、とてつもなく悪辣でサイコパスな父親がいた。この時点では知っているはずもなかったけれど、例の残忍な子どもの為れの果てである小安翔三だ。

この父親は大学教授という高い地位を隠れ蓑に、小動物から始まって、自分の身内である両親、妻の両親そして妻、と命を弄んだ。しかも自分の手を汚さずに、虐待し続けた娘を何度も利用し、あろうことかこれらの殺しに加担させた。加担というよりも自分の代替として操ったんだよね。

そして、極めつけは、美里ちゃんをその魔の手から守ろうとした親友花音ちゃんを手に掛け、その罪を美里ちゃんになすりつけようとしたことだ。

これで平常心を保てるような強靭な精神力なら、誰の助けもなく自力で父親の魔の手から逃れられただろうが、美里ちゃんは極平凡な心の持ち主だった。だからこそ、彼女の精神は崩壊した。

そうして、意識不明のまま入院し続けている彼女を見舞うため、笙ちゃんも一緒に、頻繁に通うことになった。

この事件の後から、美里ちゃんの病室には、生霊になった本人と、過去に夫である翔三に殺されていた美里ちゃんのお母さん、（笙ちゃんには秘密だけど）去年翔三に殺された小野塚花音ちゃんと霊が集まっている。美里ちゃんが体に戻ってくる気になるために、霊同士の交流を深めようと、おいらは通っているようなものだ。

その上、美里ちゃんを十目井仁人のエロい魔の手から守るために、ほかに二人の霊

（笙ちゃんはまだ知らないけど、彼のご両親なのね）と、霊が見えて喋れる姫が集結して、大立ち回りを演じたため、彼女の病室は、誰が言い出したわけでもないのに、どうもおいら達の集合場所に落ち着いてしまったようだ。

仁人が再び悪さできないように、美里ちゃんが、数少ない警備員付きの病床区画にある個室に移ったおかげで、周囲の耳目を気にすることがなくなって、霊との会話がスムーズだというのもあるけど。

まあ、美里ちゃんが目覚めた後どうするのかという問題もあるので、弁護士の葉山と同級生の笙ちゃんも足繁く通っているせいで、意識のない女の子の病室なのに、土日はいつも喧《やかま》しい。

幽霊が喋っている分には、見鬼の者以外は分からないから迷惑ではないだろうし、大勢の人が間近で喋るのは、美里ちゃん覚醒のためにも、理に適っていると姫が言うから野放し状態だ。

夏休みの初日は水曜日で、笙ちゃんは、先生と個人面談があるとかで学校に行ってしまった。奨学金のこともあるから、極真面目な高校生活を送っている上に、そもそも起こすべき問題を抱えていない笙ちゃんを不安視する必要は全くない。つまり、面談をそばで見ていても意味がない。進路については後で本人に確認すればいいからね。

ゆえに、おいらは、笙ちゃんに断って、看護師長の姫と一緒に美里ちゃんのお見舞いだ。何にもしないけどさ。

この日は、ウィークデーというのもあって、午前中は美里ちゃんの義母《かあ》ちゃんがお世話に来ている。彼女は下町育ちのようで言葉が悪いし、赤っぽく染めた髪や服装も昔ヤンキーでした感が半端ない。けれど、何となくいい人のような気がすることで皆の意見が一致している。今日も丁寧に美里ちゃんの体をきれいにしていた。

「清拭《せいしき》もマッサージも、終わったかしら？」

焦げ茶に染めたショートへアーを看護帽に収め、今時のパンツスタイルのナースウェアを纏《まと》った姫が、病室に入って来た。そして、小柄な体に師長の威厳をたっぷり添えて、義母ちゃんに声をかけた。義母ちゃんは手を止めると、丁度いいところへと喋りかけた。

「あ、ええ。ところで看護婦さん」

――うわあ。レトロだ。看護婦さんだってさ。めっちゃ懐かしい響きだねえ――

『いちいち五月蠅《うるさ》い』とばかりに、姫はおいらを一睨みする。姫も霊が見えて霊と会話できることを知っているのは、笙ちゃんと葉山だけだ。と言っても、笙ちゃんには、つい最近紹介したばかり。秘密にしていることと密接な関係があるので、姫にはなかなか会わせてあげられなかったなどと回想している横で、義母ちゃんが不安そうに話を続けた。

「あのさ、丁度いいところに来てくれたよ。あんた看護婦長さんだよね？　ちょっと聞きたいことがあってさ」

「ふふっ、最近は看護師長というのだけど」

「看護し・長？」

「男性の看護師も増えましたからね。でも、いいのよ、同じことだから。それにしても、こちらからも少しお話があるの。丁度いいわ。貴女からどうぞ」

「そっか、男性患者もいるから、男の看護婦がいても不思議はないか。ありがたいことだよ。じゃあさ、遠慮なくこっちから話すよ。あのさ、この子、いつになったら、目を覚ましてくれるんでしょうかね？」

親子になって深い繋がりもないまま過ごしたというのに、そこはかとない思い遣りを感じる。姫もきっと真摯に答えたいだろうとは思うけれど、これればかりは誰にも分からない。本人次第ともいえる。

「すぐにとも、何年後とも……」

「そうだよねえ。でもって、万が一、何年も目を覚まさない場合、どうなりますかね？」

「親御さんやお身内の意志次第ですが、入院費が枯渇した状態で長引いた場合、生命維持装置を外すこともありえますね……」

「……やっぱり、そうなるのか」

「貴女は、確か義理の母でいらっしゃるのよね。ほかに近しいお身内は？」

「みんな事件との関わりを懼《おそ》れてんだか、縁を切ったような状態だよ。電話したって、名乗ったらすぐ切っちまいやがるし」

口惜《くちお》しそうに言う義母ちゃんの顔には、口調とは裏腹に誠実さが滲《にじ》む。

「なるほど。貴女に判断が委ねられる可能性が高いわけですね」

「うん……でもね、この子すごく不幸な子なんだよ。体、見たかい？　傷だらけなんだよ。古いのから新しいのから。あのバカ父、どんなに小《ちい》ちゃい時から虐待してたんだか……」

ちょっと言葉が詰まった義母ちゃんだが、意を決したように続けた。

「可哀想でならないよ。それなのにあたしときたら、あいつの言葉を鵜呑みにして、悪い子だとばかり思っててさ。今まで、真面《まとも》に会話したことがないんだ。取り返しがつかないよ、まったく……」

涙ぐんだ声に、病室がしんみりした空気で満たされた。無言だが、義母ちゃんを見つめる姫の目は、限りなく優しい。

黙っていてくれる姫に感謝の目を向けながら、義母ちゃんの話は本題へと入っていった。

「この子はね、幸せになるべきだと思うんだよ。だけど、あたしゃ、あのバカ父と結婚する時に、遺産の放棄を約束させられていてさ。そのほかにもたくさん約束事があってさ、これみよがしに羅列した書類にサインしちまったんだよね」

「抜かりない方のようですね」

「今思うと、秘密がいろいろあったからだろうね。で、代わりに、結納として、小さい骨董店と五百万円はせしめたけどね。財産狙いとかさんざ言われたけど、実際はそんなもんさ」

「そうだったんですか」

「でもね、そのお金ももう随分ないよ。自分一人の食い扶持は骨董店で何とかなるけど、それ以上が無理になってきちゃってさ」

「えーと？」

「入院費さ」

財産狙いなら、もらった分を使うはずがない。やっぱ、この人、いい意味で言行不一致みたいだね。本気で美里ちゃんのこと考えられる人だと思う。姫を見ると、同じように感じたようで、こくこくと頷いている。

「その上、頼んでもいないのに、警備員付きの特別個室に移ってるし、どうしたもんだか」

「あ、それには理由が、」

理由を言いかけた姫の言葉にかぶせるように、義母ちゃんの話は続いた。

「ともかくさ、だいぶ入院費につぎ込んだから、懐がもちそうにないんだよ。相続してたら、あのばかでかい屋敷を売ってでも入院費にするんだけどさ」

「なるほど。貴女としては、目を覚ますまで生かしてあげたいんですね」

「そらそうだよ、あたしゃ学がないけど心には錦ってね。不幸な子を更に不幸にはできないのさ。できれば生かしてやりたいよ」

「お気持ち、よく分かります」

「でもさ、目を覚ましたって、あたしが母親役ってのは、無理だとは思ってる。どう見たっていいとこのお嬢さんの母親って柄じゃないだろ？」

　赤っぽく染めた髪を左右に振りながら、残念そうに姫に同意を求めた。

「それは何ともいえないですよ。家族としての温かい関係性は、見た目や何かで築けるものでもないですから」

「そうかもしれないけど、あの子には、父親のことも何もかも、過去のことは全部忘れてほしいのさ。あたしも含めてね」

「確かに、それはそうかもしれませんね。心が事実を受け止められるようになるまで、思い出すきっかけは少ないにこしたことはありませんものね」

――うんうん、義母ちゃん、分かってるね。本当に信頼できる人だね――

　おいらの感嘆の呟きはあっさり姫に無視されたけれど、同じ思いなのは分かっているので、それ以上姫の気は引かない。

「世間的には冷酷と言われるかもしれませんが、そのお覚悟もありそうですね」

「世間ってどこさ？　親戚筋かい？　関係ないね。あたしのことなんて、結婚する時にさんざん言い尽くしてるだろうからさ」

肩をすくめながら冷ややかに言うけれど、手は柔らかく美里ちゃんの髪をなでる。

「今更だけどさ、この子には、ちゃんと幸せに生きていいんだって分かってほしいんだよね。記憶なんて捨てちゃってさ」

「貴女の想いはよく分かりました。その辺のことを合わせて、お話があるんですが、今日はお時間大丈夫かしら？」

「え？　ああ、大丈夫だよ」

「先ずは、この特別個室に移った理由から話しましょうか」

そう言うと、姫は院内電話でナースステーションに居場所と一時間ほど戻れない旨を伝えて、個室の応接セットを指さした。

話は長くなるので、おいらからまるっと説明しておこうかな。

この病院では、おいらと姫の同級生である十目井仁人が、名ばかりの理事長をしている。理事長室でふんぞり返っているが、特に仕事は任されていない。この名ばかりという点が、この男にとっては重要なポイントなんだ。

過去を遡れば、おいらがこうなった事件にも関係があるし、女の子を騙して暴行したり、交通事故を起こしたりと、碌《ろく》でもない小悪党なんだよね。おいらの知らないところでほかにもやらかしているかもしれない……。

子どもの頃は、病院の後継の一人として、家族からの期待もあったようで、どの事件も握り潰されていたんだけど、あまりにも問題ばかり起こして、結局、手を回しきれなくなった両親から見放されてしまった。

その結果、名ばかりの理事長として存在はしているけれど、給料は多くないし職責は何もない。病院内の狭い理事長室と自宅の一室を往復する生活を、余儀なくされている。首切りを心配しなくていい窓際族みたい。まあ、言うなれば飼い殺しの状態。

こいつが、実は美里ちゃんの父親の幼馴染ということは、この段階でおいら達は知らなかったのだけど、ともかく〈強力な後ろ盾や身内がいない女の子〉という情報をどこからともなく得た仁人は、彼女を自分の性欲の餌食にしようと画策した。病院内で、だよ。

美里ちゃんは、苦労の多い人生を過ごしてきたせいで、痩せ細ってはいたけれど、色白で長い黒髪が印象的な、清楚な美人さんだ。幽霊になったお母さんによく似ている。そういう外見にも仁人は惹かれたのだろう。

こいつの魔の手を周囲に知らせたのが、彼女の唯一の親友にして殺された小野塚花音ちゃんの幽霊だった。お別れを告げに病室を訪れた時に、その場面に出くわしたそうだ。そして、花音ちゃんが助けを呼ぶ悲鳴を聞きつけたのが、霊が見えて喋れる姫だった。

霊の声を聞いたという件《くだり》は、義母ちゃんには、たまたま病室を巡回していたということで胡麻化していたけれど。

一度では済まないだろうと予測して、注意を払っていたので、何度も追い払うことに成功していた。とはいえ、簡単に諦めないだろうとも思っていた矢先のある夜中、撮影道具らしい一式を持った仁人を見かけて追った。

本当は笙ちゃんのご両親が、常に見張っていたから、事前に分かっていたのだけど、そこも幽霊絡みとは言えないから、一人で監視していたかのように表現していたな。

その後の説明でも、実際には、姫と霊体の花音ちゃん、掃除夫に憑依したおいらの三人で仁人を撃退したのに、たまたま居合わせた掃除のおじいさんの手を借りて、ほとんど姫が孤軍奮闘したことになっちゃっていた。幽霊絡みを端折《はしょ》るとそうなるよなあ。仕方ないよね。

で、その場で確保できた、奴が自らセッティングしたビデオを証拠として、十目井一族と交渉したという顛末を姫は義母ちゃんに語った。

美里ちゃんが目覚めるまでの入院費を肩代わりし、警備員付きの個室に移動することで手を打ったのだが、この際、美里ちゃんが院長の友人の孫だったということも大いに助けになった。小安という名前も珍しいので、先方から気付いてくれて、話がすんなり通ったようなものだから。

交渉がうまくいっておいら達は安堵すると同時に、十目井仁人と小安翔三が幼馴染だと知った。今更ながら、この二人の『類は友を呼ぶ』っぷりに、ものすごくあきれ返ったのは言うまでもない。

こういう人間関係を知ったので、最初おいら達は義母ちゃんには院長の友人の孫という線だけで、入院費の肩代わりを説明するつもりだった。こんな陰惨な事実を笙ちゃんの耳に入れたくなかったおいらは、特に。

だけど、姫が言うには、義母ちゃんは、頭の回転はよい人のようなので、下手な誤魔化しに不信感を抱くかもしれない。莫大な入院費を肩代わりするのに、友人の孫というだけでは説得力がないだろうと。

そうでなくとも幽霊絡みは秘密にしないといけないわけで、端折ったり嘘をつくところがあるのだから。説明が嘘くさくなればなるほど、義母ちゃんは胡散臭いと思うに違いない。そういう理由があって、ちゃんと説明することになったんだよね。

どう考えても安くは済まない警備員付きの特別個室に移れた理由は、義母ちゃんをしても「意識不明なのに、まだ不幸を押し付ける下衆野郎がいたのか！」と驚きをもって受け入れられた。

問題はこの後の話だ。とても簡単に説明できることではないので、姫としても迷いがあるようだ。何しろ亡くなった花音ちゃんと美里ちゃんの同級生として、笙ちゃんが絡んでいるし、更に、その背後霊のおいらとおいらの旧友である姫と葉山が、美里ちゃんの将来について相談しているという話だからね。

ただ、美里ちゃんの今後を考えれば、詳細は端折って話を進めるにしても、ともかく、姫を筆頭に一人ずつ生きている人間を、義母ちゃんに近づけなければ、相談もできない。

「あくまでも提案だけど」

そう前置きして、姫は続けた。

「記憶がある場合は、精神的にものすごく難しい状態になって、転院する可能性もありますが、記憶が欠落したのなら、全く別人として生きていくという道も考えられるのではないかしら」

「待って。転院って、精神病院にかい？　この子の将来に影響しちゃうんじゃないかい？」

――うーむ、ものすごく真っ当な反応だよね～。この人、多分誰よりも彼女の人生を心配してるんだろうねえ――

おいらの言葉にではないだろうけれど、軽く頷きながら姫は話を進めた。

「なまじ記憶があると、現実と向き合えなくなる場合もありますからね。あくまでも仮定の話です。何しろ、犯人が父親で被害者が親友で事件を目撃した女子高生なんて。想像もつかないような重荷でしょうから……」

「ホントにね……目覚めたくないのも分かるよ。でもさ、心から、生きて幸せになってほしいんだよね。あたしゃ、自分の子がないからさ、今更だけど母親として考えてあげたいんだよね」

「ええ、素敵な心掛けだと思いますよ。そうね、入院費のことを考えれば、どういう状況であれ、この病院と交渉するのが最適解でしょうね。目覚めが遅れそうでも、目覚めて不安定な状態でも、ここにいられるよう何とか考えましょう」

「それが望ましいよ。だけど、ああ、そうか。でも、そんなには無理かもしれないんだ。目覚めるまでって条件だったよね、確か」

看護帽を指先でなぞりながら思案気に頷いた姫が答えた。

「先のことは分かりませんが、確かに難しいかもしれませんね。そうであっても、何とかするのが親や周囲の大人の役目かしら」

「ほんとに。記憶が戻らないで目覚めるんなら、それが一番いいのに……」

「あ、それそれ。さっきも言いかけたのだけど。提案の一つなのですが、目覚めても彼女の記憶が戻らなかったり曖昧だったりするようなら、別人になるというか、苗字を変えるというか。つまり養子縁組という手もあるのではないかしら？　どう思われますか？」

「ああ、それは確かに。あたしとの関わりはなくした方がいいと思うし。もし疑問に思っても、今の状態なら、臨時のお手伝いさんみたいな顔をしときゃいいしね」

「そこまでする必要があるかどうか」

姫の言葉を途中で切ると、赤っぽく染めた頭をこくこく前後し、切れ長の黒目に力を込めて義母ちゃんは強く主張した。

「あるさ、きっと……ただ、養父母なんて、そんなに簡単に見つかるもんかね？　小さい子ならともかく、この子はもう高校生だし」

「ええ、簡単ではないかもしれません。何しろ彼女は半分大人扱いの年齢なので。しかも天涯孤独というわけでもないし、遺産の問題もあるでしょうから、いざとなると出てくる親戚もいるかもしれませんし」

「どう出るか分からない親戚は置いといて、この子にとって、何が一番幸せなのかね？　あたしゃ、どうすりゃいいのかね？」

「思っているだけでは何も変えられないでしょうから、ともかく、あらゆることを想定して前に進めておきましょう」

「ああ、そうだね。そうそう、確か、小安家専任の弁護士がいたはずだから、ちょっと聞いてみるよ。あのバカ父絡みで遺言とか申し送りとかあるといけないし、しゃしゃり出てきそうな親戚筋も押さえておきたいし」

「それはそうね。ただ、専任の弁護士は父親や親戚寄りの判断をしないとも限らないわ。遺言のあるなしくらい聞くのは大丈夫でしょうが、将来の相談に心から寄り添ってくれるかどうかは分かりませんよね」

「探りを入れてみるよ。どんな人か。良心的な人なら続けてもらうし、そうでないなら別の人に頼めばいいだけさ」

「ええ、本当に美里ちゃんにとって幸せな選択肢を示してくれるとは限りませんものね。そうできるとよいですね」

「ああ、嫁って立場で最大限やってみるよ」

「いずれにしろ、法的な知識は必要なようですね。利害のない立場から考えてくれそうな、知り合いの葉山弁護士を紹介しましょうか？　庶民の味方みたいな人だから、質問しやすいだろうし。適切なアドバイスもくれるかもしれないし。ともかく、本音で、先ずはここだけの話というか希望を相談することが肝要でしょうからね。どうかしら？」

「弁護士ってお金が更にかかるんじゃ？」

「費用は要相談ね。ただ、彼は人権弁護士とも呼ばれているから、あくどいことはしないだろうし、それをどこに請求するかも含めて、よく相談してみたらどうかしら？」

――姫、ナイス。うまいこと葉山に繋げそうじゃん――

ほっとしたように義母ちゃんが返答した。

「ああ、そうできるなら安心だよ」

「葉山弁護士を紹介する時の連絡先は、入院手続きの際にご記入いただいた固定電話でいいのかしら？　それとも違う番号にします？」

「屋敷にか～？　う－ん、こんなこと、昔からいるお手伝いさんには知られたくないよ。誰に繋がってるか分かったもんじゃないからね。そうだな、個人的に、携帯の番号を交換してもらってもいいかい？」

「ええ、もちろん」

姫と義母ちゃんが携帯を取り出して、番号を交換している。二人とも背が低いから頭をくっつけそうにしながら、お互いの画面を覗き合っている。スマホじゃないところが味噌だな。番号を言い合って目で確かめるというアナログ仕様。笙ちゃん達とは違ってやり方が古いよなー。って、どうでもいいか……。

そんなことを考えながら、おいらは早速今の情報を笙ちゃんに伝えなくちゃいけないと思っていた。霊感がこれっぽっちもない葉山には姫が連絡するだろう。そうなると、次の日曜日には、ここに集合になるかな？　少しは話が進展するといいんだけど。

美里ちゃんの枕頭に集まる、三人の霊が嬉しそうに微笑《ほほえ》んだ。美里ちゃんのお母さんと花音ちゃんと、なぜか美里ちゃん本人の三人の霊が……それから、美里ちゃんの霊体だけが一歩踏み出して、そっと義母ちゃんを抱き締めた。

彼女の気持ちが義母ちゃんに伝わる日が、いつかくるといいのにな……

当初の目的を遂げたおいらは（実際に行動したのは姫だけど）、事の経緯を笙ちゃんに告げるべく、高校へと向かった。特に急ぎでもないので、今日は入り乱れて鳴いている蝉に乗ってみようなどと酔狂にも思ったが、一瞬で諦めた。言葉が通じなかった……要するに目的地には行かれない。

仕方がないので、いつものカラスの親分さんを呼び出した。鳥と意思疎通するなんて、幽霊のおいらにはお茶の子さいさい。

　笙ちゃんの通う都立広山高校は渋谷の方にあって、病院からはそう遠くない。ただ、病院側は等々力渓谷に近いこともあって、遊覧飛行にはもってこいだが、高校に近づくにつれて建物だらけになっていく。適当なところでカラスの親分さんに別れを告げて、さっさと笙ちゃんのところまで瞬間移動した。

　さすが幽霊！　って、自画自賛でい。

　笙ちゃんは、朝一番に個人面談を終えていて、今は夏期講座の真っ最中だった。数学の演習のようだ。かろうじておいらも知っている内容だから、数Ⅰだろうと思う。プリントを前に検算している笙ちゃんに声をかけた。多分邪魔じゃないはず。

——面談終わって夏期講座に参加中なのね。講座の今日の予定は？——

　一応霊の声が聞こえる人はいないはずだけど、用心して笙ちゃんの肩に乗り、耳元で小さく尋ねると、講座の時間割表を机上に出して確認しているような体をとってくれた。

——ふむふむ、文法、作文、長文読解、会話と英語だけで四講座もあるのね。なぬ、数学も四講座で、古文、漢文、現代文に理科系……ん？　なんだ、全部採るのね。あ、共通一次じゃなくて、なんて言ったっけ？　そうそうセンター試験だっけ。受けるんだもんね——

『塾に行けない』『午後は部活とか』『ほぼほぼ登校』と、笙ちゃんがプリントの端に書くと、おいらは納得して一言だけで黙った。

——帰ったら報告があるからね〜——

笙ちゃんは頷きながらプリントの次の問題を解き始めた。大学に行きたいって言ってたもんなー。おいらの知らない世界だけど、応援したいから、ここは静かに見守らなくちゃ。何しろおいらは笙ちゃんの保護者だもんね。

だけど、勉強は、もう教えられるレベルじゃないから、笙ちゃんから離れて教室をぐるっとひとまわり。『お、ば、け〜のQ♪』と口ずさみながら回っていると、笙ちゃんの隣には諒平君もいた。なんで隣なのに後で気付くんだ？

まあいいや、諒平君も一緒だったのね。ああ、そっか、笙ちゃんと同じで〈理数系の方が得意な文系〉だもんね。でも、塾にも行っていたような気がするな？　なら、全部は採らないのかな？

超文系の昴君も同じクラスなんだ。確か理数系は不得意だったよな〜とプリントを覗くと、一問目から難航している模様。センターを受けるつもりなら頑張るんだよ〜。レストランの跡継ぎとして経営学部や商学部狙いであっても、数学は必要なはずだもんね。

大学受験を経験しないまま今に至るおいらは、こういう場合は他人事になっちゃう。それでも、受験に集中してもらうには、そばにいる大人として、高二の間に終止符を打ちたい事柄もある。もちろん、美里ちゃんの行く末のことが一番だけど、そろそろ笙ちゃんの各種の疑問にも応える時期が来ている。

あれもこれも同時に解決できるといいんだけどな。どれも全く関連性のない話でもないからなあ。ふむ……。

第三節　笙、キワさんを語る

七月の第三週、木、金が夏期講座中心で、二十五日土曜日が部活オンリーで学校に行く予定の笙ちゃんは、かえって普段よりバタバタしているかもしれない。何だか、土曜日は、諒平君と昴君を家《うち》に呼んで、甘味の試作をする予定みたいだしね。

それでも、病院での話を伝えているから、日曜日には、午前中に諒平君と昴君に帰ってもらって、午後、美里ちゃんの病室に寄る予定だ。やれやれ小忙《こぜわ》しいね〜。と言いながら、おいらは笙ちゃんについて回っている。

「あんた『僕』の従僕《しもべ》なの？」なんて姫に嫌味を言われたって気にならない。笙ちゃんとおいらは、何しろ親友で兄弟で親子で……深〜い絆で結ばれてるのよ。邪魔しないでちょうだいね。って、姫だって『僕』なんてゾンザイに言いながら、実際に会って以来、笙ちゃんのことを息子のように気にかけているくせに。素直じゃないよね〜。

さて、木金と順当に講座をこなし、部活にも顔を出した笙ちゃんだけど、土曜に友人達を泊めるべく、金曜の夜は大忙しだった。買い物に掃除に、主婦かという勢いだったな。一人暮らしも長いし、アパートの大家さんでもある笙ちゃんには、お手の物ではあるが。

　洗濯物を干し終えて、やっと一息つくと、鮭茶漬け的な簡単な夕食（ほぐし海苔多めで塩鮭はまるっと一切れだけど）を前に、久々に会話した。

「キワさん、日曜のお見舞いなんだけどさ。あいつらに理由とか話してもいいかな？　泊まってもらっても、早々に追い出すことになるじゃん」

――笙ちゃんが構わないなら、いいんだよ。おいらが登場する必要があるなら、金曜の夜は室内に待機してるからさ――

「ありがとう。あいつらを巻き込むようだけど、能力を知られたなら秘密にしたくないんだよね」

――問題ないよ。それに三人寄れば文殊の知恵って言うでしょ。すぐには無理でも、何か思いつくかもしれないもんね。貴重な戦力だよ。彼らは――

「うん。あいつらと友人になれて、本当によかった。知ってておって、ありがたいことだよね」

――うん。大事にしろよ――

「言われるまでもないよ。もういないことを想像すらできないよ」

――ふふふっ、出逢いって不思議だね〜。おいら達が出逢ったのだって、不思議な縁だと思うけど、彼らとも、だね〜――

「うん、もしかしたらこの能力が紡いだ縁かもしれないね」

――そうでなくても仲良くなったかもしれないけど、きっかけはそうかもね。昴君はおいらの転写で、諒平君は実のお父さんの霊のお願いがあったからね。でも、二人ともそうと知らずに仲良くなって、知っても気味悪がらなかったもんね――

「元々柔軟な思考の持ち主なのかもしれないけど、仲良くしたいという気持ちがぶれない奴らなんだよね」

――おいらも彼らが大好きだもん。明日も忙しいけど、楽しみだね。美里ちゃん達の話も真剣に聞いてくれるといいね――

「うん。間違いないよ」

こんな会話があったとは露も知らない二人は、土曜の夕方、いつものように、昴君のお父さんが運転する車で、食材の差し入れと共にやって来た。諒平君てば、今回もちゃっかり部活へのチャリ通は止めていたようだ。さすがだ。

わぁわぁ言いながら、手巻き寿司の準備を終えると、これまたわぁわぁ言いながら、巻いて食って、を繰り返す。

お刺身をはじめ素材の差し入れは、イタリアンレストランのオーナーシェフである昴君のお父さんが、築地で朝仕入れてくれたものなので、新鮮な上に旨い。こればっかりは、幽霊の身では味わえないのが残念だけど、食い尽くされていくテーブルの上を見ていると、胸やけがしてくるので、食べた気になる。

うむ、胸いっぱいで満足じゃ……かな？

いつものごとく三人が分担して、手際よく夕食の後片付けを終えると、すぐにも和風甘味の試作かと思いきや、だらんと卓袱台《ちゃぶだい》の周りで寛いで、何やら部活の話で盛り上がっている。ふーん、とりあえず、お茶するのね。

「知ってた？　今年の合宿から、一部の部は学校でやるってさ」

「そのようですね。私が聞いた話では、体育館で行うバスケ、バレー、バドミントン、卓球と、プールが使い放題の水泳、講道館でやる剣道と合気道、柔道、空手だそうですよ」

「うん、テニスやサッカーとかは普段から校庭だから、軽井沢にある都立高校共用の合宿所だってさ。校庭、暑いもんなー」

「なる、当然の措置だな」

「本当はバスケも軽井沢がよかったんだけどなぁ。どうやら、合宿所の統廃合があったらしくてさ、ほかの都立高も利用するから、前みたいに全ての部活が順番に利用するのは無理みたいだからなぁ。残念〜」

「都立校はほとんど、体育館が四階建てに改築されて、講道館もプールも併設されたからね。校内でできることは校内で、ってことかな。その余波なのか、写真部は合宿するほど熱心じゃなかったのに、今年は合宿するって」

　おやおや、笙ちゃんてば昴君と目配せしているよ。まだ伝えていなかったらしく、諒平君はそんな二人をスルーして続けた。

「初耳ぃ。でもさ、合宿って本来学校閉鎖期間にやるのが普通だろ？　九種目もあると前後半に分けても、対応が大変じゃない？」

「水泳部はずっとだって聞いたよ」

「それは仕方ないでしょうね。夏しか泳げませんからね」

「そらそーだ」

「話を戻すと、対応する学校関係者も前後半で分ければ、その人達の夏休みの取得もうまくいくってことでしょうね。元々、学校閉鎖期間でも当番先生はいるはずですからね」

「ふ〜ん、それにしても、写真部がそこに入るのはどういう謂れなんだろうな？」

「え？　写真部も学校でなの？　前半と後半どっち？」

「『前半』」

「やったぁ！　ボク達、あ、バスケ部ね、それとバレー部もだよ」

「『なんだ、はなちゃんも？』」

「ばぁか、二人きりじゃねーから、この際関係ないよ。食事だって調理室とかで全員一緒だろ。その後は自由かもだけど。むふっ」

「筋トレとミーティングで消える自由だな」

「ノーっっっ」

「夕食の準備は生徒中心だって聞きましたよ」

「食事に関しては、ＰＴＡの協力もあるってさ。急なことで、業者が選定できなかったらしいよ。顧問は責任を負うだけ的な？」

「お前、なんで事情通なんだよ」

「両親が車係で協力すっからさ。で、ＰＴＡが購入集配係と車係を分担するらしいよ」

「ＰＴＡの人達が、朝はパンとヨーグルト、飲み物とか軽食を運んでくれて、昼は弁当屋から買ってきてくれるらしいよ。ただ、夜だけは調理室使って自炊しろってさ」

「いやー、さすがシェフ。詳しいな。目の付け所が細かくていらっしゃる♪」

「うるせ、校内合宿する文系は僕らだけだから、使い回されることを心配しただけだよ」

「くすくす、今年は、部員全員が写真コンクールに応募することになったんです。しかも題材として〈学校生活〉を選んだから、合宿にも参加することにしたらしいですよ。だから、スポーツ系より短い期間のはずです」

「へー、ボク達は三泊四日だよ」

「私達は二泊三日と聞いています」

「部長の言だと、寝起きする教室は部によって決まっているから、二泊と決まったわけでもないらしいよ。僕が自炊なのはみんなが知るところでしょ？　何となく夕食作りにメインで駆り出されそうな気がするので、三泊四日になる可能性も、ありかも……」

「断れって！　あ、でも、合宿で顔を合わせるのは新鮮な気もするな～」

「諒平、下心が透けて見えています」

「あ、ばれた？　笙がいれば夕食の質が確保されるじゃん」

「うーん、タダ働きで？」

「ふふふん、学生同士の金銭のやりとりは御法度じゃ。ふん、勝ったぞ！」

「勝ち負けですかっ？」

「よし決めたっ。学校じゃないから、我が家では宿泊料金とることにしよう！」

「ええっ、それはないよ～」

情けない声を出す諒平をするっと無視して、昴君が話題を転換した。

「冗談はさておき、そろそろ試作を始めませんか？」

「それもそうだね」と同意しながら、笙ちゃんは卓袱台に手をついて立ち上がった。

「ボク、和風の甘味ってそれほど食べないから分かんないよ。母さんの手作りもクッキーとかだし。そもそも何が和菓子？」

「ええっ、そこからぁ？」

「我が家も似たようなものです。ほとんど賄いが家の食事ですから、和食自体あまり口にしませんねぇ。和菓子も、せいぜい母が季節に作るおはぎか牡丹餅ぐらいかなぁ。近所に和菓子屋さんはあるけど」

「んー、中学まで祖父母に育てられたから、おやつは和風だったよ。夏は水羊羹、白玉団子、心太《ところてん》かな。あ、かき氷もか」

「へぇ、どれも家で作れるものなのか？」

「心太は、作り方は簡単だけど成形に道具がいる。家のは捨てちゃったから、道具を借りるか、出来合いの心太で味付けだけするか。安上がりな方法を検討すべきかな？あとの二つは素材があればそれほど難しくないはずだよ。かき氷は氷の管理が難しいのと、かき氷器の入手が難点だな」

「笙の簡単は当てになんないよ。やっぱ、一度作ってみようぜ。心太はもしか、包丁で切ってもいける？」

「そうそう、今日はその手でいってみましょう。そして、盛付は単純で後始末が楽な方がいいから、手順も込みで考えましょう」

「うん、じゃ、水羊羹が先。冷やし固める時間がいるからね。で、作りながらでいいんだけど、ちょっと知っておいてほしいことがあるんだよね。話してもいい？」

「ながらですか？　じゃ、作業工程を撮影しましょう。ふふふっ、こんなこともあろうかと、タブレットも持ってきてますから。音は拾わないように切っておけばいいし」

「マジ昴、なんか準備よすぎ。予知能力か？」

「全くだ。そっか、作り方を後で観ながら、実際の手順を考えればいいもんね」

素材や道具を台所に並べると、諒平君命名の〈キッチン笙〉が始まった。とはいえ、主夫歴数年の笙ちゃんも、さすがにお菓子はあまり手数をこなしたことがないらしく、ちょっともたついている。だけど、手際の悪さが、二人にカミングアウトするには丁度いいようだ。

「諒平の実のお父さんの件で、二人に僕の能力を明かすことになったのだけど。本当は、霊が見えるだけじゃないんだよね」

「例の転写事故だったことにした写真に写っていた人のことでしょうかね？」

――むむっ、さすがに昴君は勘が鋭い。先ずはその通りなんだな〜――

笙ちゃんは、おいらに向かって一つ頷くと、昴君に同意した。

「うん、やっぱり昴って頭の回転が速いね。その人のことを話しておかないと、後の話が端折ってばかり、しかも部分的に嘘が増えて面倒なんだよね」

「そら全部喋ってくれた方がいいな。で、転写事故って、昴が持っていたあの写真か？」

「もうっ！　残してたのは秘密だったのに」

「あはっ、諒平も知ってるなら話は早いよ。その写真ある？」

「もちろん。お財布に残してたことがばれる日がくるとは、思いませんでしたけど」

悪質な目的でとっておいたはずもなく、諒平君以外誰にも見せたことがないのは、おいらも知っている。口の堅い昴君らしい。少し擦《こす》れて既にセピアがかった写真に写ったおいらは、その場所も角度もいかにも変だ。

「この人、祖父が亡くなった頃から僕と一緒にいてくれているんだ」

「え？　今も」

「うん、諒平の頭の上で胡坐《あぐら》かいてる」

「えー」とか叫びながら、パタパタ頭を払った諒平君が、途中ではっと手を止めた。

「あ、ごめん。気持ち悪いとかそういうことじゃなくて、えっと、知らないうちに、あ、頭に乗られたのが嫌だったから」

空に向かってしどろもどろ謝罪する諒平君に、おいらは噴き出した。

――ぶーっ、知らずにおいらの綽名を当てるとは、諒平君は只者じゃないね～

――

「あ、諒平大丈夫。気にしてないよ。だけど、通称キワさんって言ってね、由来が『気持ち悪い奴』のキとワだから、謂れを知らないのに綽名を当てたって大喜びしてるよ」

諒平君てば、思いっきり引いちゃったよ。気にしないでほしいなと思っていると、昴君がまたさらっとフォローしてくれた。

「キワさんというのですか。きっと優しい方なんですね。そういう良くない言葉が由来の綽名を大切になさるなんて」

――おーっ、さすが昴君、分かってるね～。そう言ってもらえるだけで、報われた気がするよ。ありがと～――

おいらも彼らが大好きだと知っている笙ちゃんは、ちょっとニヤリと笑いながら「理解されて嬉しそうだよ」と、お鍋に向かった。

「おっと、もっと弱火でかき混ぜなくちゃ」

って、お菓子を作りながらだから、合いの手が妙だ。それにしても、この二人、頭が柔らかい？　それとも、笙ちゃんを全く疑ってないってことかな？

「昭和に生まれた人でさ、生きていたら五十歳くらいの年齢の人なんだ。だから、兄のように父のように、僕を見守ってくれていて、いろいろ教えてくれたり相談に乗ってくれたり、いつもそばにいてくれるんだ」

「なんか守護霊みたいだな」

「うん。それで諒平の実のお父さんの望みも分かったんだよ。僕ではどんな幽霊とも
ちゃんと会話ができるわけじゃないからね」

「会話できる幽霊とそうでないのがいるもんなのか？　なんか『うらめしや』とかしか言わないと思ってたわ」

「執着が強いと一つのことしか喋らないとか、生きた人とは喋りたくないとか、そもそも喋る力が弱いとか、いろんな幽霊がいるみたいなんだよね。だけど、幽霊同士なら僕よりも話ができるみたいなんだよね」

笙ちゃんの話を聞きながら、卓袱台の上にカップを並べていた昴君が、言葉を挟んだ。

「あ、笙、水羊羹用のカップを並べ終わったよ。でも、実際には紙とか使い捨てのカ

ップにした方が衛生的かもですね」

「おー、そうだな。メモしとくよ」

「あー、頼むわ。今、手が離せない」

ちょっとお菓子作りで会話は中断したけれど、昴君の言葉で話は戻った。

「えーと、キワさんでしたっけ、その方とはかなり長い会話ができるんじゃないですか？　実は、私、空電話《から》してるのを見かけたことがあるんです」

「確かに普通に長く喋るけど、空電話？」

「あ、誰にもかけてないのにかけたふりをして、スマホに向かって喋ることです」

「ええっ？　いつ？　気を付けてるのに」

「一年生の時です。笙のクラスの女子生徒が亡くなるちょっと前です。教室で漫画の交換の待ち合わせをした時、ちょっと早く着いちゃって」

諒平君は「ああその話ね、昴から聞いてるよ」と頷きながら、鍋にスプーンを入れて「甘っ？　そうでもないか？」と味見をしている。

一方、おいらは、昴君に超能力でもあるんじゃないかと思ってしまった。頭の回転が速いというレベルじゃない。だって、笙ちゃんが、この話を始めたのは、その女子生徒つまり花音ちゃんのことも含めて最終的に美里ちゃんのことを相談したいからだもの。

笙ちゃんはというと、驚きながらも話が早いとばかりに、昴君に続けた。

「そっか、聞いちゃったんだ」

「全部じゃないです。ほんの少しだけだけど、相手が生きている人だと成立しないなって思う表現があったので、そう思ったんです。転写の件もありますしね。それに、何だか深刻な内容だったので、聞かなかったふりをついしてしまったんです」

「全く、昴に隠し事はできないね。僕のカミングアウトのつもりが、昴も秘密にしてくれてたことがあるとは思いもしなかったよ」

「ボクもそう思うよ。観察力があるというか、言うことがもれなく鋭いんだよね」

「持ち上げないでください。誰に対しても、そういうわけじゃないです」

少し照れたように頬を染めた昴君は、やっぱり笙ちゃんのことがすごく好きなんだろうな。そのまま俯き加減に水羊羹の液体の入ったカップをトレーに並べて、冷蔵庫に入れた。

「冷蔵庫が使えない場合に備えて、トレーに氷水を張って型ごと浸しても固まるのかを試した方がいいかもしれませんね」

「あ、それな。メモっとくわ」

一番真面目に和菓子作りに取り組んでいるようにも見えるが、本当はすごく照れ臭いだけなんだろうな。表情を観察しているおいらにとっては見え見えだけど、笙ちゃんと諒平君は気付いていないようだ。

「その、笙は、その級友の女性が気になっていたんですよね」

「あっ、笙が好きな女子って……ごめ、デリカシーねぇなボクって」

「うん、彼女とは直接血縁関係のない霊が、彼女にまとわりついて一生懸命喋りかけていたから。最初はただそれが気になっただけだったんだけど……」

「それを、キワさんが、理由を調べて教えてくれたんですね」

「そう。でも、漠然としか分からなかったし、タイミングが悪くて助けられなかった」

そう言ってごくりと唾を飲み込んだ笙ちゃんを見て、二人は両側から黙って背中に手を置いた。

「次は、心太、いきましょうか」

心持ち明るい声で、昴君が声をかけなかったら、そのままみんなで黙り込んでいたかもしれない。

心太は、棒寒天を使って冷やし固めるところまでは簡単にできたけれど、包丁で切ると形が揃わず不味そうなので、やはり専用の押し出し器がないと難しいという結論になった。既製品を買うとなると費用がかかるので、心太は候補から外すようだ。

それから白玉団子、かき氷とお試しは続く。こうして和風甘味の試作をしつつ、美里ちゃんの話まで終えた。

「こういう経緯で、明日、小安美里さんが入院している病院へお見舞いに行くんだよね。彼女が意識を戻したいと思ってくれるように、なるだけ顔を出すことにしたんだ。彼女、友達が極端に少ないみたいで」

「あ、それで午前中までなんですね」

「なる」

暫く沈黙があった後、昴君と諒平君が目を合わせて頷くと、合わせたように言った。

「私達」「ボク達」

「「も、一緒にお見舞いに行ってもいい？」」

そんな急展開を期待していなかったおいらと笙ちゃんは、びっくりしてあんぐり口を開けた。彼らの介入を期待していたけれど、時間がかかるだろうと予測していただけに、笙ちゃんは嬉しそうに聞いた。

「キワさんの友人で、看護師長さんと弁護士さんも来るけど、それでもよければ一緒に来てくれると嬉しいな。『たくさんの人が喋りかけた方が、刺激になって目が覚める確率が高くなる』って看護師長さんが言ってたから」

「もちろんＯＫ」

おいらも一緒とはいえ、今までほとんど一人で美里ちゃんを見舞う日々だったことを思い出して、友人を持つことの良さをしみじみかみしめている笙ちゃんだった。

第二章　病院には七つの憑き物!?

七月の最終月曜日。

病院の手前にある開店直後の花屋で、ミニブーケを購入する女性がいた。豊かな黒髪をひっつめて一つにまとめた彼女は、既に猛暑という気温の中、パンツスーツの内実は汗だくであっても、そうと感じさせない颯爽とした足取りで病院の自動扉を開けた。

彼女の名は、神門《みかど》毅弥《きや》という。

この少々重い響きの名は、今は亡き刑事だった父親が、男子の誕生を期待して〈毅《つよし》〉という字を準備していたため、そのままその字を使ったのが由来だ。母親が気を利かせて〈弥〉の字を付けなければ、危うく男名が命名されてしまうところだった。

この堅い名を持つ女性刑事は、月に一、二度くらいの頻度で小安美里という女子高生の病室を訪《おとな》う。現状《いまのところ》一課の下っ端というのもあるが、女子高生の病室におっさん刑事が一人行くのも憚《はばか》られるので、お見舞い係に指名されてもう半年以上経つ。

なるべく平日の朝一番に来るのは、こうしたことを仕事の一環と捉えがちな現代の若者らしさのみが理由ではない。午前中も遅くなると義母が、土日には、佐藤笙太という高校の同級生が、夜には看護師長が、と誰かしらいることが多いからである。

義母はともかくも、その他はどういう間柄か知らないので挨拶に困るし、一警察官として知り合うことにも迷いがある。ゆえに、なるべく関係者に会うことを控え、犯人扱いしたことを一人静かに詫びて、意識が戻ることを願ってきた。

この日は、いつもならもう少し遅い時間に来るはずの先客がいた。小安美里の義母だった。派手な様相で教養に乏しいように見える女性だが、思い遣りがあって真摯な人柄だと知っている。事件を解決に導けたのも、彼女の協力があったからだ。

ただ、事件自体は既に警察の手を離れているので、特に知らせることもないため、顔を合わせることは躊躇《ためら》われた。いつの間にか特別個室に移動しているので、入室したら喋らないわけにもいかないだろう。

そんな理由で入室を躊躇《ちゅうちょ》し、そっと覗いている間にも、ベッドに向かう義母の影が優しく動いている。聞くともなしに義母の独り言を聞いた。

「来週から骨董店を再開することにしたよ。だから、ここに来られるのは平日の早朝か夜、それか定休日になるよ。なるべくたくさん来るからね。あんたの友達もしょっちゅう来てくれてるから、淋しくないといいけどさ」

返事のない美里の閉じられた目を見ながら、喋りかけているようだ。

「そんでさ、忙しくなる前に、言っとこうかと思ってね。あたしは生まれがよくないから、口の利き方も知らないけどさ、最初はあんたと仲良くしたいと思ってたんだよ。

言い訳じゃなくて、本当のことさ」

聞こえているかと確かめるように、もう一度美里を一瞥したらしい義母の影は、休みなく手を動かして美里の体を拭いているようだった。

「けどね、あのバカ父がさ、『家柄を鼻にかけた祖母と母親に育てられたからお高い娘なんだ。お前のことなんて歯牙にもかけないさ。だから、無駄に仲良くするな』なんて言うもんだからさ。よいしょっ」

掛け声が入ったのは、美里の体の向きを変えたからのようだ。こちら側に足の裏が向いたのが、隠しカーテンの隙間からちらちらっと見える。

「おかげで最初から色眼鏡で見ちまった。あたしなんかとは、口も利きたくないんだろうなって、思い込んじまったんだよね。よいっしょと。ふぅ……」

少し哀しそうな溜め息をつきながら、また美里の体勢を変えて拭き続ける影が映る。

「こんなに傷だらけにされて……可哀想に。ぐすっ……はぁぁ」

拭く手を止めて、傷のある部分に触れているのだろうか、大きな溜め息が聞こえた。

「多分、単に無口なだけだったんだよね。反抗すると手を出されるとかで……今更だけど、あのバカ父を一発殴りたい気になるよ」

一拍おいて、溜め息とともに吐いた言葉が耳朶に触れた。

「はぁ、金があったって、これじゃぁね」

がっくりと肩を落としながら、洗い立ての寝間着を着せたらしい義母の影が、ベッドサイドに背の低い椅子を据えて腰を下ろすのが見えた。

「あたしはさ、母親って柄じゃないし、あんたにとって必要な人間ってこともない。せいぜい、お手伝いさんよりましな程度だよ」

体を拭く時の優しそうな仕草を思い起こして、そんなことはないのにとは思ったが、所詮は第三者だ。しかも、こうして関わろうともしていないのにと、自嘲していると、義母は更に続けた。

「だから、目が覚めた時には姿を消して、あんたのことを労わって大切にしてくれる人が周囲にいるように手筈を整えておくよ。あんまり資金がないからさ、そのくらいの労力を惜しむつもりはないよ。何しろ、骨董店の実入りなんて、あたしの糊口を凌ぐ程度だからねえ……」

堅い決意を感じる言葉に、我が身を振り返る。事件の被害者に警察ができることはあまりない。入院が長引けば、こうして見舞うことも、いずれ間遠になっていくに違いない。できれば早々に目覚めて、義母の言うように温かい人に囲まれて生きてほしいと思う。

幼少時より虐待し続け、親友を手に掛け、その罪を着せようと画策した父親のことなど、すっかり忘れて……

犯人扱いしたことを申し訳ないと思いつつも、傍観するだけで何も手を貸さないことに、チクリと胸の痛みを感じた神門刑事は、手に持ったミニブーケをナースステーションに預け、足早に立ち去ることにした。

重い気分で病院の出入り口に向かっている時、目の端に見知った人影が映りこんだ。思わず追いかけたが、角を曲がったところで見失ってしまった。

まさか、亡くなってもう十数年も経とうという父が、病院なんかにいるはずはない。けれど、ありし日の制服姿の父を見間違うはずもなかった。そうは言っても、父だという確信を得たくて、人一人が入り込めそうなところを熱心に捜した。

すると、備品置き場だろうか、少し奥まって人の出入りが少なそうな通路があって、その先にある部屋の前に、制服姿の父を見つけた。薄く、今にも消えそうな父の姿に、息を呑むように話しかけた。

「父さん、どうして、こんなところにいるの？　お墓とかお寺とかならまだしも。家には寄りつきもしないくせに。どういうこと？」

亡くなってからついぞ家族の前に姿を現したことはないというのに、病院にいるなんてと、つい責める口調になってしまった。その疑問に答えるように、父親の霊は何かを喋り始めた。だが、彼女の方は、その姿を悲しそうに見つめて、呟いた。

「父さん、知ってるでしょ？　私は見えるけれど聞こえないのよ」

こちらの言うことは理解できないのか、父の霊は一生懸命に何かを訴え続けた。

「それとも、この部屋には、父さんが事故死したことと関係ある何かがあるということ？　でも、令状もなく入れないわね。不法侵入になっちゃう。困ったな。どうしたら父さんの言いたいことが分かるのかな」

制服姿には意味があるだろうし、この病院に関して何か言いたいことがあるからこそ、ここで出会ったのだろうし。父の霊が伝えたいことをどうすれば知ることができるのか、どうすれば父は思い残すことなく昇天できるのか……まだ語り続ける父の姿を見つめながら、神門刑事は真剣に考え始めた。

俯いていたので、そんな彼女を天井近くから見つめている霊が一体いることに、気付くことはなかった。

第一節　諒平、救急車に乗る

神門刑事が義母ちゃんの様子を引き戸の窓越しに窺《うかが》っていた丁度その時、病室の隠しカーテンのレール上から、おいらは見下ろしていた。けれど、窓から侵入したおいらは、まだ、廊下側から覗く彼女の存在に気付いてはいなかった。

おいらは、笙ちゃんが学校にいる間は大抵自由にしているし、そもそも時間も場所も制約のない幽霊だから、いざとなったら行きたい時点や場所に遡ればいい。なんて気楽に構えている。

それで、今日は一人で十目井病院に来て、昨日のことを思い返していたわけだ。昨日は笙ちゃんだけでなく、昴君や諒平君も一緒で、しかも姫と葉山もいたので、病室は賑やかにもほどがあった。

賑やかというより、病院にあるまじき騒ぎだったかもしれない。美里ちゃんの枕頭にいる霊について二人はまだ知らないけれど、おいらが喋っている体で会話に交ぜるために、笙ちゃんと姫が通訳のごとく自分の話にプラスして喋っていたからね。

だから、院内電話が鳴った時は、全員ぎょっとして口を閉じた。鳴り続ける電話を、腫れ物のごとく皆が見つめる中、姫がビジネスライクな口調でさっと応答した。

「はい、〇〇号室ですが、ご用件は？」

――……ぁ、ぁ、……――

「もしもし？　もう少し大きな声で」

――……ぅ、ぅ、……――

「変ね。よく聞き取れないわ。無言電話かしらね？」

看護師長である姫が応対してくれるなら安心だと、みんなほっとしていた。何しろ煩いってクレームの電話かと思ったんだよねー。だけど、無言電話らしかったので、一気に脱力してまた賑やかになったけど。

本当なら、無言電話も無言電話で、怪しいと気にするべきなんだろうけど、人数が多いと案外そういう疑問を丁寧に追及することは忘れがちだ。

特に、今回のおいらは、普段ならお喋りで落ち着きがないタイプなのに、比較的冷静な状態だったので、気付いてもよさそうなものだったのにさ。

つまり、あの状況での冷静さはこの大人数を観察するためであって、だから頭は冷めていながら、周囲の喧騒に紛れて、別の事態に問題意識を抱くことなくスルーしちゃったわけ。無言電話は大問題ってほどじゃないけど、結局、後で調べることになったのだから、この時点で追及してもよかったのにね。

何しろこの時は、慣れない二人の高校生が心配で、そっちばかり見ていたから。よく知らない立派な大人が二人もいたら、気後れしてもう二度と参加しないとか言い出さないかと心配でさ。そ、二人に期待してるのね。

おいらが心配する必要はなかったけどさ。十代って柔軟。何気に普通に交じっていた。とりあえず、仲間になってもらえればいいので、今回はみんなに紹介するのが目的だったから、満足のいく結果ということかな。今後も定期的にこうした集まりができるといいねと、話を結んで別れた。

前日の余韻もあって、病室内は何となく華やいだ空気が残っている。花音ちゃんと美里ちゃんとそのお母さんの霊とじっくり話しておきたくてお見舞いに来たのだけど、まだ義母ちゃんがお世話していた。

最近ちょっと早い時間に来てるけど、日中用事でもできたのかな？　今日は最初からいるわけじゃないから、義母ちゃんからの美里ちゃんへのお断りも聞いてないし、分かんないや。

そういえば、何か知らないけど個人商店みたいな仕事をしているって言っていたな。そっちでなんかあったのかも。今まで時間をどう遣り繰りしていたんだろう。従業員を雇っているのかな？　今度見に行ってみようかな。なんて、立派な大人に要らぬ心配かー。

あ、入院費が浮いたんだったわ。って、あれ？　ちゃんと理解してない？　その心配がなくなったのだから、仕事を休んで遅く来てもよさそうなものなのにな。

気に病んでも仕方がないことをあれこれ思いつつ、いつものように義母ちゃんを見ていたら、病室の扉の向こうに人の気配を感じた。カーテンレールから天井越しに飛んで廊下に出てみると、いつもの女性刑事だった。

この女性刑事との関わりは、美里ちゃん絡みの例の事件から始まった。事件当初、花音ちゃんが美里ちゃんの自室で殺されて発見されたため、彼女が犯人と目された。けれど、大切な親友に手をかけたのは、実のお父さんで、その父親から罪を着せられた美里ちゃんは、心が壊れてしまったのだ。

そして、この事件の時に捜査を担当した刑事さん達の中で紅一点であり、入院後、誤認逮捕を謝罪するためにお見舞いに来続けてくれているのが、この刑事さんなんだよね。

更に、美里ちゃんが十目井仁人のエロの餌食になりそうになった時に、十目井一族側との交渉が決裂したら頼ろうと思っていた人物でもある。その関係で、看護師長である姫が、見舞い者リストから〈神門毅弥〉という名前を確認してくれていた。

神門刑事は、生真面目でとても情に篤い人のようで、おいらは結構好きだ。お見舞いに来るたびに、小さくてかわいい花束を持参し、びしっと立礼して謝罪の言葉を述べ、覚醒を祈っている。

もう伝わっているだろうからいいのにと思うのだけど、頑固に続けているんだよね。それでも、大事件がまた起きでもすれば、訪問は間遠になっていくんだろうなーとは思っている。

いつもは、そういう姿を病室内で見て、そのまま見送ってしまうのだけど、今日の神門刑事は、義母ちゃんには挨拶せずに、帰ることにしたようだ。院内電話が鳴ったのをこれ幸いに、「お電話などで多忙なご様子、お邪魔しないように帰ります」とお見舞いの花をナースステーションに預けていた。

結局、「あれま、また無言電話だわ。病院なのに変ねえ」と義母ちゃんがぼやくのが引き戸越しに聞こえていたから、邪魔でもなかったんだろうけど。でも、気配の主を確認するために一旦病室から出てしまったおいらは、何となく彼女を病院の出口まで見送ることにして、付いて行った。

まさかあんな光景に遭遇するとは思いもしなかった。神門刑事が男の幽霊を追っていったのだ。見えてるのか⁉ 事実確認しようと慌てて後を追うと、人気のない場所で、彼女に喋りかける制服警官の男性霊を見つけた。

幽霊が見える人なら、今のところ目につきたくなくて、少し離れた天井の死角から様子を窺うことにした。その時、彼女は小声で言った。

「知ってるでしょ？……私は見えるけど聞こえないのよ」

おいらは心底驚いた。いろんな霊がいるのは知っているけれど、見鬼の才のある人が聞こえない場合もあることは、さすがに知らなかった。要は、得手不得手があるってこった。じゃあ、逆に見えないけど聞こえる人もいるってことか？

まあ、いいや。それにしても、あの警察官の幽霊は、どことなく見覚えがあるな。皆に情報を共有して調べなくちゃいけないかもしれないぞ。おいらには、新たなる課題が増えてしまったようだ。

さて、気になる案件を新たに抱え込んだせいで、肝心の話をすっかり忘れて時が経ち、笙ちゃん達はお盆の期間の合宿に突入することになった。

ぐっきりと鮮明に切り取ることができる青春の一コマなどというロマンチックな思い出を、誰しも一つや二つ持っているものじゃないかと思う。おそらく、それは中学や高校の一時期に違いない。

笙ちゃんの場合、この夏を中心とした高校二年生の間は、多分とても幸せで大切な思い出をたくさん作った期間だったのではないかと思う。そばで見ているおいらも、相当幸せの欠片《かけら》をお裾分けしてもらっているからねえ。

学校の夏期講習を一緒に受けていた昴君と諒平君は、笙ちゃんの親友だ。元々、部活が一緒で一年の頃から比較的仲の良かった昴君とも、諒平君との仲が深まっていく過程で、一歩進んだ関係を築くことになった。

諒平君とは、彼の肩に乗っていたよく似た霊が縁で友情を深めた。いや、それは結果的にそうなっただけで、そもそもお互い背の高さゆえに意識していたので、霊とは関係なく仲良くなったとも言える。阿吽関係ともいう……そんな言い方はないか。

その肩に乗っている霊は、諒平君の実のお父さんだったんだよね。そのことに、諒平君とその両親の目を向けさせるには、笙ちゃんの能力をカミングアウトしなくてはいけなくて、諒平君との友情にヒビが入る可能性もあった。だけど、笙ちゃんは、知ってなお何もしないことをよしとしなかった。

もっともそれは杞憂で、カミングアウトした後も、昴君も諒平君も笙ちゃんへの友情が小動《こゆるぎ》もしなかった。おいらからみても、とっても爽やかな関係なんだよね。

ま、そんなこんなで、笙ちゃんのアパートに泊まっては仲良くやってる三人だけど、七月末日に前半の夏期講習が終わると、翌週の月曜からは早速お楽しみの学校合宿だ。今回部活の合宿が日程的に重なったおかげで、諒平君とは同じ部屋ではないけれど、学校でも一緒にお泊まりとあいなった。


八月三日月曜日、合宿の初日。僕達写真部はゆっくり登校したけれど、スポーツ系の練習は早朝から既に始まっていた。

体育館はバレー部とバスケ部が午前と午後で分けたので、諒平は、今は筋トレ中のはずだ。なので、トレーニングルームや更衣室が集まった講堂の二階に向かった。

ちなみに、三階の体育館でバレー部、一階の講道館では合気道部、地下の大講堂には剣道部が練習中で、水泳部は言わずもがな、四階の屋根付きプールを独占中である。

「あ、諒平、いたいた」

丁度、カヌーを漕ぐような器具を使っているところだった。各種の器具をぐるぐる順番に使うようだ。スポーツとは縁遠い僕には意味不明だが、何か意味があるらしい。

写真部の部長から他部の部長や顧問にお断りを入れているはずなので、軽く会釈してルームに入ると、諒平にカメラを向けた。どの器具も物珍しい上、間近に筋肉の動きを見たのも初めてだったので、結構撮影してしまった。顔を写していないものまである。

「何だよ、筆。ボクばっかり撮ってんなよ」

知らない人にカメラを向ける勇気はないから、不平くらいなんてことない。

「ごめん。今度、好きな献立を作るのでどう？」

「スパゲティにアイスで手を打ってやるっ！」

「ほっ、安上がりな男でよかった」

「じゃ、プラスすいか」

「しまった、そいつは高額商品だっ」

ふざけた会話も交えつつそれぞれ真剣に取り組んだ後、昼食時には、家庭科室で用意されている弁当を揃って取りに行くことに。シャワーや着替えの時間が惜しいという諒平が、水飲み場で水をかぶって拭き終わるのを待ってから、並んで歩いていると、昴に会った。

「よ、昴は何狙い？　ボクは笙のアイドルにされて、まいったよ」

「ふふっ、まんざらでもない感じですよ」

「まーねー。未だに両親は写真を撮りたがるからさ、カメラ慣れしてんのさ。で、昴は？」

「私は、校内の植物狙いです。室内には結構花が飾ってあるし、校庭には花壇以外でも樹木が存外多いんです。雑草も入れると十分な数です」

「ほへー、お前、男のくせに花好きだったの？」

「諒平、それは偏見です。華道家や花屋の主人が男性なのを見たことありません？　花好きの男性は少なくないですよ」

「花の撮影が専門のカメラマンも多いよ。その手の写真集、少なくないだろ？」

「あ、確かに。料理系もだよな。昴の父ちゃんもだし、笙も料理上手いし。待てよ、俺の親友達って女子力高い？」

「女子力って、今時家事は男女平等だろ？　できない奴の方が少なくない？」

「もっと母さんの手伝いしないとダメかぁ」

「なんと！　今頃気が付いたんですか？」

「彼女に見捨てられないよう深く反省してろ」

「へへん、反省だけなら簡単だぜぇ」

「それは反省とはいいませんって」

「間抜け！　行動しないなら告げ口するし」

「うひん、そんなご無体なぁ。はなちゃんには内緒にしてくらさぁい」

お弁当を食べる間もお喋りは途切れない。当然午後練前の休憩時間は、後片付けしたらお喋りの続きだ。座れる場所を捜して中庭に下りると、奥に並んだベンチに向かって諒平が走り出した。

「あ、はなちゃんだ。ちょっと喋ってくる〜」

「あっという間に行っちゃいましたね」

「うん、忙《せわ》しないなぁ」

「ふふっ、あの二人はお似合いです」

「そういう昴は好きな女《ひと》いないの？　クラマチ以降、モテモテでしょ？」

「皆さん、愛玩動物か珍獣を見るようなんですよね〜。だからドキドキには至らなくて」

「珍獣って、自虐か？　なら、写真の選別でもする？　既に結構使っちゃったから」

「そうですね、ほかにすることもないですし」

　はなちゃんとは、クラスマッチ略してクラマチ前に、三人一緒にバレーを教えてもらった縁だ。その間に、彼女と諒平は両想いになった。最初は少しぎこちない感じが抜けなかったけれど、付き合うのは時間の問題という雰囲気だった。喜ばしいけどちょっと寂しい。

　何しろ初めての親友……これで、昴にも彼女ができたら寂しすぎるなぁ。さすがにキワさんじゃなぁ。

　さて、午後からバスケ部は、体育館でボールを使った練習になった。諒平は「やっぱ、シュート練習サイコーッ」と騒いでいたが、僕もバスケ部らしい姿を撮影できて楽しかった。

日中は部活、夕方からは夕食作りと奔走して、あっという間に時間が過ぎた。案の定、写真部には、もう一日夕食作りを手伝ってほしいという要望があって、予定のない人が対応することになった。僕も昴も心積もりをしていたので、快く応じて居残った。

おかげで、この夏最大の事件に遭遇することになった。

最終日の六日、校庭に救急車が乗り入れて来たんだもの。それはもう大騒ぎにもなるでしょう。窓やら扉やらから覗いている誰もが、誰に何があったのかと気にしていたら、諒平が真っ青になって「はなちゃんだ！」と飛び出し、後ろから乗り込んでしまった。

後でバレー部の人に話を聞いたら、熱中症だったようだ。日中最高気温が三六℃を超えたらしいから、さもありなん。ただ、それを聞いて昴が突然興奮気味に力説した。

「はなさん、女の子の日だったんじゃないですか？」

「あ？　ええ、そうだったと思うよ」

同級生の部員が、困惑気味に相槌を打った。

「やっぱりっ！　女性は生理の時には熱中症になりやすいから、水分やミネラルの補給をこまめにしないといけないんです。私の母も、厨房で倒れて救急搬送された時、生理中だったたんです。狭い場所だったせいで、頭をぶつけてケガもしたので大変だったんです。気を付けないといけないんです、本当にっ！　それに、そもそも貧血を起こしやすい状態なんだから、休み休みしないといけないのに……」

女性の身体事情についてえらくストレートに表現したものだから、僕はちょっと冷や冷やしたけれど、誰もいやらしさは感じなかったようだった。男子はびっくり眼《まなこ》で昴を見つめ、女子は全員これでもかというほど頷いているのが印象的だった。

その後、メールでやりとりして、はなちゃんと諒平の荷物を、僕と昴とで病院まで持っていくことになった。何しろ勝手知ったる十目井病院だというので。ただ、自分達の分も含めて四人分、それも合宿用の大荷物を前にして少しげんなりしていたら、たまたま忘れ物を取りに自家用車で来ていた先生が、病院まで送ってくださった。ありがたい。

後部座席で船を漕いでいたので、あっという間に病院に着いた。寝ちゃったのはちょっと失礼だったかもしれない。後日、改めて謝罪とお礼に伺うことにして、早速病室へ。

救急搬送された人のための一時入院病室に、はなちゃんはいると言うので、入院室階の受付まで、エスカレーターでもたもた上がった。だって、大荷物だったからねぇ。でも、そうやって時間がかかったおかげで、看護師長の姫さんが気付いて声をかけてくれた。

「あら、笙太君じゃないの？」

「あ、姫さん」

「昴君も？　すごい荷物ね。どうしたの？」

という流れで、かくかくしかじかと事情を話しながら、はなちゃんの病室（六人部屋だった）に入った。入室した正面に諒平が見えて、思わず小姑と化した。

「おまっ、練習着のままっ！　臭いだろう？　トイレで着替えてこいよ」

「何だったらスタッフ用のシャワー使う？」

「あ、いえ、夕食までには帰宅するので風呂は家で。それにボディシートありますし。じゃ、ちょっと失礼して着替えてきまぁす」

「そう？　で、こちらのお嬢さんは、熱中症だったのね。気分はもう大丈夫？」

「あ、はい」

当然、はなちゃんは初対面の姫さんに緊張気味だ。看護師長って名札にはなくても、何だか偉い人感がにじみ出ているもんね。

「担当の看護師から話があると思うけど、とりあえず病院に一泊してもらうわね。後は、親御さんの判断になるかな」

「あ、はい」

「じゃ、みんな面会時間を守ってね」

「もちろん。腹が減るからご心配なく」

「ふふっ、それもそうね。じゃ、また」

と姫さんが病床から離れようとしたところへ、院内電話が鳴った。

「おや？　ご両親はもう少し後でおいでになるはずだから、学校からかしら？」

姫さんが首を傾《かし》げながら受話器を取ったのを、皆が何となく見ていた。

「はい、もしもし」

――う、う、――

「もしもし？　どなた？」

――あ、あ、――

何か受話器越しに人の声が聞こえるような気もするのに、僕以外は耳を澄ましているだけだし、姫さんの言葉は謎だった。

「もしもし？　変ね？　また無言電話だわ」

「え？　無言電話？」

あ、なるほど。あの声は多分霊のものだから、普通の人には無言電話なんだ。六人部屋では余計なことは言えないよなと、一人納得していると、姫さんは悩ましげに続けた。

「最近、ほかの病室でもよくあるの。一度電話回線を見てもらった方がいいかしらね」

「無言電話が多くなってるんですか？」

そう尋ねながらちらっとキワさんを仰ぎ見ると難しい表情だ。

――後で姫が笙ちゃんと話したいってさ。だから、笙ちゃんだけ戻って来てくれる？

それから、そういえば、この間美里ちゃんの病室にも同じような無言電話がかかってきてたよね。ちょっと調べてみた方がいいかもしれないなー――

そう言うが早いか、キワさんてば送話部分から受話器に潜り込んだ。そんなこともできるんだ。うわぁ、初めて見た。それにしても、おっかない幽霊だったらどうすんだ？　と思って、姫さんを見たら、軽く目配せされた。多分よく見る光景で危険性を感じなかったのだと理解した。

「じゃ、私はこれで。何かあったらナースコール押してね」

「「「はーい」」」

「ピッタリ！　ふふっ、じゃあね」

くすくす笑いながら病室を後にした姫さんの後ろ手に引き戸が閉まるのを待って、僕達三人は顔を見合ってひとしきり笑った。きっと諒平もいたら、四人の息がぴったりだったに違いない。

「あ、いけない。忘れていました。はなさん、荷物、ここに置きますね」

「重かったでしょ？　ごめんね、ありがと」

「どういたしまして。笙と分担しましたし、先生に車で送っていただいたので、それほどでも。ぷぷっ、それにしても、諒平の焦りようをお見せしたかったです」

「あははっ、そんなに？」

「うん、まあ、脱兎のごとく救急車に乗り込んでたな。しかも誰の断りもなくね」

「ほんと、電光石火の勢いでしたよ。あまりのことに、私は思わず元いた場所と救急車の両方を二度見しちゃいました」

「ふふっ、なんかちょっと嬉しいかも」

「あー、惚れられてるなぁ」

「ええ、惚れられてますねぇ」

にやにやしながらの会話の最中に、引き戸が音を立てて開いた。戻って来た諒平が僕達の会話を聞きつけたようだ。勢い室内の視線を集めたことに首をすくめると、同室の患者さん達に慌てて謝りながら、小声で文句を言った。

「こら、ボクがいないのをいいことにっ！」

「着替え、速いじゃん」

「一時もはなさんから離れたくないんですね」

「あー、そういうことだねぇ」

「はいはい、惚れてますからぁ」

「ん？　そのいい加減な言い方は何かしら？」

「あ、え、はな様？」

はなちゃんはみんなの空気感を壊すようなタイプじゃない。会話にすんなり入ってこられるような人だ。だから、いつものように楽しい会話が弾むんだろうな。多分、こういうところに諒平は惚れてるんだろうな、などと会話を向こうに考えていた。

そんな気の利くはなちゃんは、どうやらもう大丈夫そうだ。腹の虫も無視できなくなってきた頃合いで、はなちゃんに別れを告げると、三人一緒に帰宅することになった。僕は、さっきのキワさんからの伝言を思い出して、病院に戻るべく二人に告げた。

「あのさ、キワさんから話があるって言われた。病院に戻ってほしいみたい。はなちゃんやほかの患者さん達がいたから病室で言い出せなくてさ。内容が二人に伝えていいことなら、次のお泊まりで教えるね。だから、先に帰って」

「え、まさか、はなちゃんが危ないとか？」

「あのなぁ、そんなわけないじゃん。お前、それしか考えられないんだろ？」

「えーまー、そーとも言う〜」

「あ、もしかして、さっきの無言電話の件でしょうかね？」

「そうかも、調べてくるって言ってたから」

「そっか、じゃぁ、今度教えろよ〜」

「お、じゃぁ、また今度な」

軽く手を挙げて別れを告げると、僕は病院に戻った。どこに行けばいいのかときょろきょろ見回している視線の先に、姫さんの姿があった。時間を見計らって来てくれたようだ。

「すみません。お待たせしました」

「大丈夫だよ、友達と一緒だから、言い出しにくくて一旦帰宅するかもしれないと思っていたからね」

「いや、ツーカーなんで」

「そのようだね。大切にね」

「あ、はい、もちろん。で、お話って」

「うん、実はさっきの無言電話の件なんだ」

「やっぱり。微かに聞こえていた声は、霊のものなんですね」

「おそらく。だから、キワが調べに行ったんだけど、追跡できるかどうか五分五分だからね。結果がすぐ出るとは限らないので、君と情報を擦り合わせようかと思ってね」

「情報って？」

「うん、近頃スタッフの間で、病院の七不思議って噂があってね。要は、幽霊の目撃談が蔓延《はびこ》っているんだ。そのせいで、夜のシフトを嫌がる看護師もいたりするんでね」

「病院の七不思議？」

「キワ以外にも美里ちゃん絡みで霊の存在自体はあるから、いくつかは目星がついているんだけど。無言電話とその他の件が、皆目見当がつかなくてね。問題が発生する前に、何とかしたいと思って」

「問題が発生？　ああ、それって、問題を事前に解決するために、僕達にも何かできることがあるってことですね」

「ふふっ、物分かりがよくてよろしい」

第二節　病院の七不思議

姫さんの話を伝えるべく、合宿の翌日だというのに、僕達は秘密基地ならぬ僕のアパートで続けて会合することにした。軽症で済んだはなちゃんを病院まで迎えに行った諒平は、後で合流する。それにしても、ほぼほぼ毎日。関係が濃すぎる？

キワさん曰く、やることなすこと僕達は青いそうだ。「ふん、若いってことさ。羨ましいだろ～」と言ったら、珍しく言葉に詰まっていた。ちょっと意地悪だっただろうか。キワさんの時間は、十七で止まっているというのに、あんまり普通に存在しているから、何だか事実を忘れがちだ。気を付けなくちゃ。

今回の集まりは、姫さんの話とキワさんの言葉が発端だ。例の受話器へ侵入した結果報告もあるようなんだけど、それに付随して僕達に頼みたいことがあるみたいなんだよね。何だろう、一筋縄では終わらない予感しかしないなぁ。

三人分のイタリアン弁当持参の昴が、お父さんの車に乗って来ると、とりあえず諒平が来るまでの間に、夏期講習の課題をいくつか済ませておこうとなった。腹は減ったが諒平を待つ、なんていい友達なんだと褒め合ったが、まだ十時前だし当然か……不毛な会話だったかも。

閑話休題。僕達は真面目な方なので、常に時間に余裕を持たせて準備する癖がある。だから、課題もお盆明けの提出なのだから急ぎはしないけれど、キワさんの話によっては課題に充てる時間が厳しくなるかもしれないと、前倒しで終わらせることに。多分、諒平も家でかなりやってくると思う。そういうところは、考えることが似ていたりするからね。

とはいえ、二時間も勉強すると、さすがに疲れてきたし、ちょっと腹も減ってきた。

「お茶しようか?」

言葉をかけると、以心伝心、昴も同じことを考えていたようだ。

「いいですね。ポテチでもつまみましょう。そうこうしているうちに、諒平も来るのではないかと思うので。『弁当あるよ~』とメールしておきましたから」

「うん、空腹には勝てないタイプだもんな。あー、冷たい麦茶でいい?」

「もちろん!」

僕の部屋には、ちゃんとテレビは置いてあるのだけど、三人が寄る時は点けたことがない。喋るのに忙しいからかな？　コップを載せたお盆を卓袱《ちゃぶ》台に運んで座ったものの、二人きりで会話がない状態なのに、やっぱり点ける気にはならない。ひょいと昴を見ると、スマホで何やら検索している。

「何、見てるの？」

「えっと、あんまり暑いので、久しぶりにエルニーニョ現象について復習してました」

「確かに、猛暑日どころの気温じゃないもんなぁ。朝のテレビ番組で酷暑だったかな？そう表現してたけど、もっとさ、こう、死に至る暑さという気がするよ」

「全くです。三十分も日を浴びていたら、本当に死にそうになりますよね」

「この暑い中、諒平、大丈夫かな？　確か自転車だよな」

「はなさんも、病院に逆戻りなんてことにならないといいですけど……」

冷房の効いた部屋で涼んでいると、外の暑さに思いを馳せても、何となく他人事な気がしてしまう。心配してはいるものの、会話の調子はのんびりしたものになりがちだ。

冷房がない時代ってどうやって夏を乗り切っていたのだろう。想像もつかない。キワさんの回想では、ここまで暑いことはなかったらしいけれど、それでも三〇℃を超える日もあったらしい。僕なんか二五℃で冷房を点けちゃうだろうから、キワさんと同じ時代には生きられなかっただろうなぁ。

その後も暑さについて昴とあれこれ喋っていると、自転車が止まる音が聞こえてきた。乱暴に鍵を掛ける音は、間違いなく諒平だ。

「来たね」と言いながら僕が扉を開けると、諒平がとんでもない熱量を体中から発しながら転げ込んで来た。普段サラサラの前髪が、汗でおでこに張り付いている。後で、この夏の最高気温三七℃超えを記録したと知った。

「うわっ、おまっ、あつっ」

「やっべ、涼しい〜〜」

「お前、全身から湯気？　扇風機の前を許す。早々に冷やせっ」

「外の暑さが察せられますね。諒平の入室と同時に、部屋の温度が、一気に五℃ばかり上がったような気がしますよ」

「暑いなんてもんじゃないよ。雑巾になった気分。水分搾り取られた〜」

「諒平、先ずは麦茶をどうぞ」

「ありがてぇ〜。ぷはー、生き返るぅ。焼け焦げて死ぬかと思ったよ」

「朝の予報では、この夏の最高気温になるらしいですからね」

「人間が活動する暑さじゃないよ。マジで工事関係の人とか外仕事の人、尊敬するし」

「軽井沢で合宿組の連中、外だよな、大丈夫かな？　あの辺も今年は暑そうだもんな」

「東京よりはマシでね？」

「それでも、きっと思ったより涼しくなくて、対策が大変でしょうね」

「まぁ、いいよ、他人の心配は。それより、ボクは腹ペコだぁ～」

「シャワーはいいのかよ？」

「めんどくせっ、シートで拭いて誤魔化すっ」

「暑気当たりしてない辺りがさすがだよ」

「お褒めに与りぃ～」

「褒めてねーし」

「ふふっ、すぐ準備しますね。父の力作です」

イタリアン野菜が色取り取りに配されたお弁当は、何より目に美味そうだ。その上、プロのシェフである昴の親父さんの手作りときたら、それだけでも美味そうだ。蓋を開けた途端、いただきますも言わずに、僕達は待ったなしで箸を動かした。

「うわぁ、マジうまぁっ！」

「うぉぉ、ごちすぎるぅ〜」

あまりの滋味に、叫んだ後は一言も喋らず食べ尽くした僕達は、空っぽになった弁当箱の中を覗いた。三人同時に。じっと見たからって、中身が増えるわけはないんだけど、もっとあったらなぁと余韻を楽しむ感じかな。

――そんなにおいしかったの？　おいらも食べてみたかったなあ。――

「昴、キワさんも欲しかったってさ」

「次は、お裾分けできるようにしますね」

――ほおおお〜、昴君優しいねえ。涙がちょちょぎれそうだあ。プロの弁当とか食ったことないもんね――

「くすっ、さすがにプロの作るものはすごいよね。次からは、キワさんの分、ちゃんと陰膳するのを忘れないよ」

「おう、ミニ食器に入れて供えるのな。そりゃ、いいや。それにしても、マジうま。はぁ、出来合いの弁当はもう食べられない気がする。贅沢だったぁ」

「ふふっ、ちょっと褒めすぎです。でも、伝えておきます。多分また張り切って作ると思いますよ」

「「断然期待するっ」」

「では、乞うご期待。で、そろそろ本題にいきませんか？　多分、話、長いよ」

「じゃ、弁当箱洗って、お茶の用意をするよ。」

「あ、お茶は私が。麦茶でいいですよね？」

「やっぱ、ポットとコーヒーも持っていって」

「は〜い」

「そか、じゃ、ボクは卓袱台回りを片して、お茶の関係を置けるようにしとくよ」

何気に分担をして準備が整うと、僕は声に出してキワさんを呼んだ。

「キワさん、僕達の準備は万端だよ。通訳するから、話をお願い」

――了解だけど、姫に頼んで内容の一部を書き出してもらった。先ずはそれを読み上げてくれるかい――

「あ、速達で届いてたやつ？　これか」

「キワさん、何て？」

「姫さんからの手紙を先ず読み上げてって」

「ナ～イス。通訳は時間がかかるもんな」

「私達のために、お手間をおかけしました」

――ちっとも。姫も楽しそうだった――

「平気だって。姫さんも楽しんで書いていたみたいだってさ。じゃぁ、読むね」

『高校二年生の皆さんへ
ご面倒をおかけしますが、よく考えて協力するかどうか決めてね。結構辛く苦しい事情があるケースばかりだろうから、関わることは楽じゃないと思うのよ。

さて、笙太君、キワが調べた内容とナースの間で噂されている内容と私が見当をつけている点について、昴君や諒平君に情報を共有してください。それから、手紙の終わりの方で触れるお願いが可能かどうか皆で検討して、キワに知らせてください。

今、この十目井病院には七不思議が囁かれていて、最近は目撃や遭遇情報が頻繁になっています。最初に、囁かれている七つの不思議を古い順にまとめます。

一つ目は、〈嘆く看護婦〉と言われており、戦後すぐから今なお続いている噂。目撃情報は単発的に長期に亘っているが、最近再び増えている模様。昔の看護婦の格好をしており、口癖は「看護婦になりたかったのに」で、十代の女性と思われる。

二つ目は、疲れた感じの男性で年齢不詳。おじさんとも若者とも言われるが、〈変な〉という形容が付くことが多い。決まった呼び名はない。最近は、警備員がいる特別病室付近での目撃情報が多くて、たまに「しょうちゃん」と呼びかけている。

三つ目は、〈笑う恋人〉と呼ばれている二人の噂。いつも微笑《ほほえ》み合っていて、怖い感じのしない幽霊だけど、夜の時間帯に窓ガラスや鏡に映りこんで笑い声とともに消える。以前は、特別病室や理事長室付近での情報が多かったけれど、最近はめっきり減っている。

四つ目は、〈見張る警官〉と言われており、あちこち時間を問わず現れて、「きっと奴だ」「奴はどこだ?」「どこに隠した?」などと、人や物を捜して見張っているような雰囲気らしい。警官と断定的なのは制服を着用しているから。ただ、何を捜して見張っているのかは不明。

五つ目は、〈捜す女〉。「私の赤ちゃんはどこ?」と、ふらふら捜し歩いているらしい。あちこちの病室を覗いているようで、部屋を出たり入ったりする後ろ姿やひらひらする寝間着の裾だけの目撃例が多い。

六つ目は、〈電話する女〉で、これはキワが電話線を伝ったけれど、その先にはいなかった事例。一説には、恋人に裏切られて、病院の非常階段で自殺した女性の霊と言われている。電話で何を訴えているのかは不明。女と分かるのは、声を聞き取った人が何人かいるから。最近、最も増えているのがこれ。

七つ目は、最近出没するようになった若い女性の霊で、いつも怒っている。一部では〈怒る少女〉と言われている。特別病室付近での目撃例が多く、たまに「みぃちゃんを助けて」と叫んでいる。

これらのうち、私が見当をつけている事例は以下の通り三つです。調べる必要はないはずです。

先ず二つ目。みんなもすぐ頭に思い浮かんだと思うけれど、キワのことだと思う。結構古株の幽霊だし、私がいるから元々この病院にはよく来ていたからね。最近は笙太君に付き合って美里ちゃんのお見舞いにも来ているから、間違いないでしょう。何かと「笙ちゃん」と口にしているしね。

それから、三つ目。確実にキワの知り合いの幽霊で、最近見かけない経緯も含めて存在は把握しているので、調べる必要はないです。詳細はいずれお知らせするね。

最後に、七つ目。おそらく、美里ちゃんの親友だった小野塚花音ちゃんでしょうね。笙太君には、花音ちゃんがまだ昇天していない話は、知らせていなかったけど、本人の意志なので悪く思わないでね。そして、怒っている理由は、美里ちゃん絡みだと既に把握しています。

おかげで美里ちゃんが特別個人病室に移れたんだけど、長くなるので全容はおいおい話します。ただ、今は端折ります。これもほぼ確定なので調査の必要はありません。で、残り四つの事例について、なるべく情報を集めてほしい。事件性があれば、過去の新聞を調べたり、警察で情報を収集したりできるのではないかしら。ほかにも、地元の事情に詳しい人に話を聞くとか、方法はあれこれあると思う。

みんなの貴重な夏休みを使うようで申し訳ないけれど、こういうことは放置しない方がよいと思うので、早期解決が望ましい。病院に良くない噂が立って人の足が遠退くことも心配だけど、入院中の患者さんの闘病の精神的な妨げになったりするものなの。何よりもそれを防ぎたいから、お願いします。

新聞社に知り合いはいないけれど、葉山弁護士の伝手《つて》を使ってもいいし、図書館で過去の新聞を辿ってもいいと思う。

あとね、これはもしかしたらなんだけど。キワの目撃談だけなので、不確実な情報だけど、ある刑事さんの協力を得られるかもしれない。警察関係者は強力な助っ人になりうるから、接触してみてほしい。

花音ちゃんの事件の時に動いてくれた刑事さんで、美里ちゃんのお見舞いに来てくれている神門《みかど》毅弥《きや》という女性刑事が、もしかすると幽霊が見える人かもしれない。更に、〈見張る警官〉について、何かご存じかもしれない。キワと笙太君で確認して、協力してもらえないか当たってみてください』

内容を咀嚼しながら、しかもかなり思うところもありつつ読んだので、思ったより時間がかかった。手紙を閉じてお茶を口に含んだ僕の横でキワさんが問いかけた。

――笙ちゃん、ご苦労様。みんなにどう感じたか聞いてみて――

「ちょっ、その前に。花音のことは聞いてないよ！　いるなら教えてほしかった……」

――うん、それについては本当にごめんね。だけど、彼女が恥ずかしいから知らせないでって。でも、今回の件で、姫が確認をとったので、今度会うって。だから、話を進めてくれないかな？　——

　僕が仕方なく頷いていると、相変わらずテレパシーがあるような勘の鋭さで、昴が口を開いた。

「キワさんという幽霊が実在しているのは、既に分かっているんです。別の幽霊がいてもおかしくありませんよね。それにしても、花音さんの幽霊もいるんですか〜。ん？　なら、美里さんのお母さんの幽霊もまだいるんでしょうか？　目撃談はないんでしょうか？」

「いらっしゃるよ。多分だけど、あまり病室から出ないし、何も喋らないから目撃談はないんじゃないかな。実は美里自身も生霊となってお母さんと一緒にいるんだよね」

「ええっ、あの病室にいらしたんですか？」

「うん、前回二人が来てくれた時も、枕元から嬉しそうにみんなを見てたよ」

「動かず喋らないんですね……」

「なる。じゃ、やっぱ、喋ったりうろうろしたりする幽霊って、それなりに理由があるってことなん？」

「うん、多分」

「目撃例が増えるほど幽霊が増えたら、何がよくないの？」

「そこは確実な話じゃないけど、第一に病院の雰囲気が暗くなったら、評判に直結しそうじゃん。あとは、増えるほどに、人に害を与えるような良くない幽霊も集まって来るからかも。物事を悲観的に考えがちな患者さんなら、死にたくなるような影響を受けちゃうかもしれないでしょ？」

「じゃ、幽霊は、人に物理的な害を与えることもできるってことですか？」

「マジか……」

「キワさんが言うには、自力で物理的な力を及ぼせる霊を見たことはないんだって。ただ、昆虫や小動物の類《たぐい》に憑依して悪さしたり、人間に憑依したり、心を操ったりはできるらしいから、間接的に害を与えるのは可能だということだよね」

「幽霊は物理的な攻撃ができないんですね。それは朗報です。じゃあ、霊の情報を収集して、どうしたらどうなるんでしょう？」

「やっぱ、除霊ってやつ？」

「そうだなー。除霊に近いのかなぁ。誰でも、『死ね』とか『くたばれ』とか思うことってあるじゃん。だけど、本当に手を下すことは稀《まれ》なのに、良くない幽霊はそういう気持ちを煽って行動に移させちゃうんだって。さっき言った本気で死にたくなるように仕向けるのも、多分同じ原理ね。誰かにそんなことをさせる前に止める、ってか、成仏してもらうのが目的だよ」

「どうしたら成仏してもらえるのでしょう？　みんな同じ方法でいいんでしょうか？」

「同じ方法は無理かも。だから、情報を集めるみたいだよ」

「ん？　そもそもなんで幽霊の情報が要るの？」

「ああ、それはね、幽霊になって現世に留まっている理由が分かれば、あるいは、願いが叶えば、成仏するきっかけになるかもしれないからだよ」

「お祈りやお札を使って、除霊とか鎮魂とかするんじゃダメなん？」

「そういう除霊は、一時的に場所を移動してくれても、その場所自体が当人にとって意味があると戻ってきちゃうし、鎮魂は、霊の事情を知って初めて可能になるんだよねぇ」

「理由を解明して速やかに往生してもらいましょう、ってことですね。でも、キワさんや花音さんは？」

——おー、さすが昴君、鋭いね。理由は分かっているけれど、解決に時間が必要なので保留になったまんまなんだよね～――

「あ、昴、キワさんから返事だ。解決に時間がかかるから保留中だって。二人ともどんな理由があるのか、僕も知らないなぁ。キワさんもいつか成仏しちゃうの？」

――全部、いずれ話すよ――

「おい、笙！　キワさんがお前をおいて行けるとは思えないな」

――あ、図星――

「図星なの？　ちょっと不安になっちゃったよ。成仏する時はちゃんと言ってよね」

――うーん、どうなることやら――

「キワさん、笙のお父さんでお兄さんなんでしょ？　責任もってください」

――ははっ、責任か。そんなもんなくても、おいらは笙ちゃんのそばにいるのが楽しいからねえ。離れられないかもね――

「離れられない？　あ、なんか安心した。聞きにくいことを二人が聞いてくれたから、キワさんの本音が分かったよ。嬉しいな」

――友達っていいでしょ？　大事な時に気持ちを代弁してくれて。それにしても、こういうことに関わるのが嫌なら、この調査からは手を引いてくれていいからさ。意向を確認してくれる？　――

「うん。幽霊にまつわる事実を知ったら精神的に負担があるかもだけど、どう？　この調査を引き受けてみる？」

「なんか、面白そう？　だよ。とりあえず、ボクは、父さんに新聞記者の知り合いがいないか当たってみるよ。記者って、事件とか事故とかの情報持っていそうじゃん。あの人、結構大学の知人が多いみたいなんだよね」

「マジで面白くない事実と向き合うことになるかもしれないけど、いいの？」

「事実とか理由が面白そうなんじゃなくてさ、それを探っていく過程に興味を引かれるじゃん？　未体験領域？」

「あ、そういうことか。じゃ、昴は？」

「もちろん私も参加です。こんな経験は望んでもできないかもしれませんもんね。でも、私が調べられそうなのは……そうですね、図書館で古い地方版を当たってみます」

「ありがとう。じゃ、僕は、神門刑事かな？　あと、葉山弁護士にも聞いてみるよ」

本当に頼りになる友人ができたことに、嬉しさを隠せない。調査に伴う重さを忘れて、僕はウキウキした気分で暫く過ごした。

第三節　神門刑事とお茶する

八月八日土曜日、今日も常緑樹が萎れるような酷暑だ。

諒平は、家にいるはずのお父さんに、何か伝手がないか訊くべく、昴は、地方の事件資料の多そうな図書館に行くべく、早朝に僕の家を出た。

僕はというと、二人を見送ってすぐにお土産《みやげ》を準備すると、葉山弁護士こと葉ーさんの事務所に行った。土日だろうと夏休みだろうとお盆だろうと、葉ーさんが事務所にいない日があろうとは思えないもの。

もちろん今回もお土産は、僕のお手製弁当だ。学校にも作って持っていっているから、慣れているので、準備にさほど時間はかからない。それに、昴のお父さんには劣るかもしれないけれど、間違いなく喜んでくれる人に作らないという手はない。

「ちわー、葉ーさん、土曜日にごめんね〜。またお弁当持参で来ましたよ〜」

「お、笙太君、こんにちは。嬉しいねえ。早速お昼にしよう」

相変わらず茶渋のついた湯呑が出てきたが、だいぶ慣れた。研磨剤か漂白剤を買ってきて洗ってあげようかなと、ちょっと思ったが、今日は急ぎの用事だ、すぐテーブルにお弁当を広げた。

要件があるので、簡単なサンドイッチの詰め合わせにした。卵サンド好きの葉ーさんのために、野菜入りスクランブルエッグサンドと、茹でレタスで巻いた厚焼き卵サンドの二種類だ。サンドイッチは名前の由来通り、食べることが活動の妨げになりにくい。案の定、葉ーさんが口火を切った。

「それで、あの二人、どうだった？」

「うん、すんなり。寧ろ積極的に、かな？　協力してくれるって」

「ふむ、そうだと思った。二人とも何となく笙太君に雰囲気が似ているからね。引き受けてくれるんじゃないかと思ったよ」

「似てる？」

「容姿とか性格とかじゃなくて、もっと言えば表面的な喋り方とか仕草とかでもなくて、本質的にかな？　多分三人とも何に対しても真摯なんだろうな。他人に真面目に向き合うし、どんなことにもひたむきだし……」

「あ、なる。でも、それって葉ーさん達三人にも言えるかもです」

「確かに。そーかー、似た者同士の寄り合いだったのかー。ははは っ」

「あいつらはともかく、そもそも、僕がそういうふうになったのって、キワさんと葉ーさんの影響が大きいような気がしますよぉ」

「うーん、そうかなあ？　ま、キワは確かに。だからこそ笙太君を放っておけなかったんだろうからねえ」

「そうだけど。何を仰る、人権弁護士さんっ！」

「あー、確かにそんな二つ名もあったなあ」

「くすくす、身近な人の影響は大きいんです」

「そういうことにしておくか。で、今日は？」

「姫さんから聞いてませんか？」

「七不思議の幽霊が成仏できない理由について知っている人？」

「あ、そうです」

「怪異現象に興味のありそうな法曹界や警察関係の知人を当たっているところ。だけどさ、人伝《ひとづて》は時間がかかるよ。今時ネットサーフィンした方が早いんじゃないのかい？アナログ人間だから、方法が分からないけど」

「あ、確かに。僕、そっちもやってみます」

「八月の間に、一度みんなの情報を突き合わせたいね」

「あ、日程の調整は僕中心でやります」

「そうしてくれる？　よろしく頼むね」

「はい」

　キワさんとは違った意味で慕っている葉ーさんと話すと、なぜか気持ちが落ち着く。僕選任の弁護士という間柄に終わりたくないので、まめに連絡が必要な今回の調査はありがたかった。次、いつ連絡できるかなぁと楽しみが増えた。

　ともかく、ネットサーフィンもあるし、神門刑事のこともあるし、忙しくなる。ネットは帰宅してから見るとして、そうそう、親友達にも頼んでおかなくちゃ。

　それにしても、神門刑事にはどうやって接触を試みればいいんだろう。姫さんにお見舞いの頻度を確認してみようか。あれ、まてよ。花音が被害者になった事件の時に、目撃情報を通報したから、確認に来た刑事さんの一人だったかも。確か名刺をとっておいたような……捜してみよう。でも、何て言って連絡しようか。

　悩みのつきない一夜を過ごした。

翌日の日曜日、夜中に見つけ出した名刺を片手に、卓袱台の前で正座して考えた。いやぁ、警察の人に電話するのって緊張する。しかも、女性の刑事で、匿名の情報提供でもないときた。会いたいですって。会ってお話ししたいですって。一体何を理由にしてそんな台詞を吐けばいいんだ？　だぁぁぁっ

ん？　あれ？　何だか、この展開には覚えがあるな。うーあれは去年のことだ。だけど、今回はそんなウキウキしたもんじゃないけどさ。何しろ、怖そうな年上の刑事だし。って、正座してからかれこれ三十分は経つ。足が痺れた……一回仕切り直そう。

りんごジュースをがぶ飲みしたら、何だか悩むのが阿呆らしくなって、ストレートに聞けばいいじゃんという気分になってきた。よし、この気分のまま電話しよう。もう一度正座し直して、勢いよくピッポパッと。

「あの、もしもし神門刑事のお電話で間違いないでしょうか？」

「ええ」

「お休みのところ申し訳ありません」

僕ってば、アパートの大家さんとしても長いので、外面《そとづら》はまあまあいい。すらすら

と礼儀正しい電話がかけられた。かけてから日曜日であることに気が付いたけど、幸い非番ではなかったようだ。

「いえ署ですから、お気遣いなく。で、貴方様は？　ご用件は？」

「失礼しました。去年、都立広山高校で起きた事件の際、お電話で情報提供した佐藤笙太です。事実関係の確認においでになった時、私にくださった名刺がありましたので、お電話しました」

「なるほど。ですが、あの事件のことでお話しできることは、もう何もありませんよ」

「あの、そうではなくて。ちょっと別件でご相談に乗っていただきたいことがありまして、お電話しました」

「君が私に？　高校生ならではの悩み？　生活課か少年課の人を紹介してほしいとか？」

「えーと、そうじゃなくて、多分刑事課の方でないとダメだろうと思うので」

「うーん、それだけでは警察の人間として会うのは難しいかな。それとも、何か事件性を感じているのかな？」

「過去の事件というか……うーん」

「過去の？　説明に時間が必要なのかな？」

「そうなんです。あのぉ、では、今度十目井病院においでの時に少しばかりお時間をいただけないですか？　僕も小安美里さんのお見舞いによく行っているので、夏休みですし、神門刑事のお時間に合わせますので」

「うーん、三十分くらいが限度だけど、それでよければ。そうだね、今週はお盆に入るな。なるべく早い方がいいね。うん、明日、月曜日の朝一番に行くことにするので、病室の前で会うことにしようか」

「ありがとうございます！　十分です。あ、あと、僕の携帯にこの番号登録してもいいでしょうか？　神門刑事直通なんですよね」

「ええと、そうだね。都合が悪くなったら電話して。じゃ、明日の朝」

「あ、這ってでも行きます。よろしくお願いします」

「這って？　はははっ、君、面白いね。ま、よろしくね」

自然な成り行きで、病院で会うことになった。ほっとしていたら、キワさんがちゃちゃを入れてきた。

――笙ちゃんてば、かける前は慰めようもないぐらい緊張してたのに、スラスラだったねー。何だか以前にもこんな光景を見たような気がしないでもないけど、今回は

大人の女性相手だからねえ。どうなることかと思えば、感心感心。ふむふむ

「全くもう！　微妙に年上だから余計気を使ったよ。姫さんくらい年が離れていると、全然違うのになぁ」

――姫はもはやお母さんでしょ？　――

「それは失礼なような……」

――おいら達は保護者のつもりだよお。失礼でもなんでもないと思うよ～　――

保護者という言葉に何とも言えない安心感を覚えて、ほっとしたのも束の間、その後の時間は、課題とネットサーフィンとであっという間に過ぎてしまった。

幼い頃、そう、小学生時分は一日がとても長くて、学期中はちっとも授業が終わらなかった。普段は時間が経つのってどうしてこうもゆっくりで、楽しい休みはあっという間に過ぎてしまうのだろうと思っていた。ところが、今になってみると、やることが目白押しで、比べ物にならないくらい時間が経つのが速く、あっという間に朝が来てしまう。

うっ、なんて情緒的に表現してみたが、本当は、珍しく目覚ましのタイマーを止め

て寝入ってしまったんだよね。

八月十日月曜日、本日済ませるべきことは何かざっと確認しつつ、急ぎではない大家さんのお仕事は午後にすることにした。何しろ、ちょっと遅れ気味だ。サドルに尻を置くと、猛スピードで十目井病院に向かった。

汗だくになって門を抜けると、慌てて病院の駐輪場に自転車を入れ、デイパックを肩に、走って入り口を目指した。エレベーターを待つのももどかしく、階段で美里の病室階まで駆け上がった。

病室の前には、既にパンツスーツ姿のポニーテールが佇んでいる。『廊下は走らないのっ！』というキワさんの声を無視して駆け寄り、息も荒く声をかけた。

「ハアハア、ごめんなさい。お待ちになりましたか？」

僕が声をかける横でキワさんが何やらゆらゆら揺れ動いているのが目に入った。滅多に口にしない暴言も吐いているようだ。だけど、これは無視して神門刑事を見つめていたら、僕を見つめ返していたように見えたのに、突然噴き出した。

「ぶふーっ。もうダメ、我慢できない……」

キワさんが何をしていたのかは分からないけれど、僕を笑ったのではないことは確かだから、すかさず声をかけた。

「見えるんですね」

「面白いことをする幽霊がいるなんて、思いもしなかったよ。意表を突かれたわ。わざと？」

「わざとです。僕達は知りたかったので」

「『僕達』……ね。ふう、ただ、見えはするけど、聞こえはしないよ」

「ええ、多分そうだと思いました。今、この人、随分放送禁止用語も使っていましたから。聞こえなくて幸いです」

「放送禁止……って、そうなの？」

「刑事さんの見る力を知りたかったので。って、だけじゃないですけど」

「いろんなヒト、あ、幽霊がいるのね」

「で、あの、見えるならこの病室の」

「三人？」

「ああ、やはり、お気付きですか」

「ええ、特に被害者、あ、無神経でごめん。小野塚花音さんの霊はかなり以前から」

「以前からご存じだったんですね。美里とそのお母さんは少し前から知っていましたけど、花音は姿を現してくれなかったので、僕が知ったのはつい最近なんです」

うっかりしんみりした口調になってしまったので、刑事さんに気を遣わせてしまった。

「友達、というより好きな子だったか……」

「はい……」

何となく素直な気持ちになって、黙っていると今度は、神門刑事から質問された。

「ところで、なんで私に幽霊が見えると分かったんだ？　普段接触はないと思うけど」

「あの、僕の横にいる幽霊は通称キワさんと言いまして、僕の近辺にいることが圧倒的に多いんですが、この病院にいることも結構多い幽霊なんです」

「ああ、彼女の病室に常駐しているということなのか？」

「いえ、ここ以外にもあちこち立ち寄っているみたいなんですけど、偶然彼女の病室にいた時に刑事さんがいらして、何となく後を追ったことがあったそうです」

「病室に？　気が付かなかったな」

――カーテンレールの上だったから、引き戸の小さい窓からじゃ見えなくて当たり前よ〜。ちゃんと経緯を伝えてちょうだい――

「カーテンレールの上にいたらしいです。しかも、その日の刑事さんは入って来なくて、ナースステーションに花束を預けて帰ってしまったって聞いてます」

――ちょっと、端折りすぎっ。ぷう――

「引き戸の窓からじゃ、多分見えませんよね」

「確かに頭上はわざわざ見ないね。ん？　花束を預けた？　あの日かな？」

「それで、このまま帰るのかなと見送ろうと後をつけたら、たまたま刑事さんが男性の幽霊を追ったことに気が付いて」

「あ、やっぱり、あの時か、そっか」

「どうして後を追ったのか、どういう幽霊なのか、そこのところを伺いたくて」

「どうして知りたい？」

「それを話し始めると三十分では終わらないですが、お時間大丈夫ですか？　日や時間を改めた方がよろしければ」

「ん、いや、まあ時間は何とかなる。今日は午前休取っているから。だから、とりあえず落ち着いて話せる場所に移動しよう。あまり人目につくのもよくないしね。やっぱりあそこがふさわしいかな？」

そう言って連れていかれたのは、倉庫と書かれた扉はあるけれど、人通りはほとんどなさそうな廊下の奥まったところだった。

――お、ここで、神門刑事と幽霊が対峙してるのを見たのよね～――

「キワさんが、ここで刑事さんと霊を見たと言っています」

「うん、そうだと思った」

「制服警官だったと聞いています。どういう幽霊なんでしょうか？」

「あれはね、私の父なの」

「お父さん？　ごめんなさい。プライベートなことだったんでしょうか？」

「それはこの際おいておこう。どうしてあれこれ確認したかったのか教えて」

「端的に言えば、今この病院には七不思議と言われている霊的現象があります」

「七不思議？　そんなに？」

「霊が増えると更に別の霊を呼び込んで、体の弱っている人の障りになる場合があるので、なるべく幽霊は昇天してくれることが望ましいんです。それで、一つ一つの霊的現象にアプローチしているところなんです」

「ふーん、そんな活動してんだ」

「活動というのは烏滸《おこ》がましいです。今回が初めてだし。うち二つはキワさんと花音の霊みたいなので、今のところは目撃情報が多くなった程度で、言うほど大変ではないです」

「何か不安があるのかな？」

「病院って、元々そういう現象が起きやすいですよね。霊が多数寄り集まれば、不幸なことに繋がる、んー、つまり患者さんの心に悪影響を与える可能性が高くなる場所だと思うんです。だから、成仏してもらいたくて、事の発端を調べているというわけです」

「幽霊由来の事例が起きるのを未然に防ぐのが目的ということかな？　なる、それで過去の事件、なのか」

「ええ。できれば、〈見張る警官〉、あ、お父さんも含めて警察に何か情報があれば知りたくて。神門刑事さんに調査への協力依頼をしようと、お声がけしたんです」

「なるほどね。未練を残して幽霊となったヒトの、その理由を調べる……か」

「ご無理なようなら、せめてお父さんの霊がここにいる理由だけでも教えてください」

「父のことは私にもよく分からないから、協力する。理解したいからね。ただし、警察が民間に出せる情報には限りがあって、教えられない場合も多い。それでもよければ」

「それで十分です。できればヒントくらいはもらいたいところですけど」

「まあ、過去の文書を少し紐解いてみる。管轄エリアで起こった事件や訴えのあった届けなどは確認できるかもね」

「ありがとうございます」

「それと、その七不思議の詳しい内容を教えてくれないか？　闇雲に資料を見ても探し出せないだろうから」

「あ、じゃあ、この手紙のコピーをお持ちください。概要が分かるかと」

「ああ、サンキュ。それとね、父がなぜここにいるのかは私も知りたい。喋れるなら聞いてみてくれない？」

「お安い御用です。キワさん？」

――そうは言っても、当人がいなくちゃ話にならないや。どうすっかな～――

「佐藤君？」

「今、お父さんいないですよね」

彼女はぐるりと頭を巡らせたが、その姿を捕らえることはできなかったようだ。

「今は別の場所にいるのかもな？」

「うわぁっ」

――ひゃっ！――

その時、制服姿のお巡りさんが扉からひょっこり姿を現した。何か考えるように向こう側を気にして振り向きながら現れたので、こっちを向いた時僕達を見てとても驚いている様子だった。刑事さんの姿を見止めると、ちょっと首を傾げた。

「お父さん、私の知人ばかりだよ」

安心させるように神門刑事が、優しく声をかけるそばから、キワさんが発言した。

――ナイスタイミング！　早速聞いてみましょうかね。誰かに見咎《みとが》められたら、すぐ美里ちゃんの病室に移ってね――

僕と神門刑事が見守る中、キワさんは自己紹介から始めた。通じるといいけど。

――私は、祖父江侑一と申します。通称キワさんです。こうなってから随分経ちますが、故あってまだこの世を去れずにおります。今回は、病院に起きている幽霊騒動を、この高校生、佐藤笙太君と調べています――

小さい声で神門刑事にキワさんの言葉を伝えながら、もしかしてこの警察官の幽霊は、あまり多くは喋れないタイプかもしれないと感じていた。

――あれ…父、神門、誠伍、で…――

指さしながら、少し苦しそうに喋った。

――話すのが辛いようなら、イエスとノーでお返事してくださってもいいですよ――

こくりと頷くのを確かめると、キワさんの質問は突っ込んだものになっていった。

――ご家族と病院に何か関係がありますか？――

――いいえ――

――じゃあ、ご家族のことを心配して幽霊になったわけじゃないってこと？――

――娘、心配――

――なるほど、娘さんのことが心残りで現世に留まったのなら、成人をもって昇天してもよさそうなのに。なぜまだここに？――

――娘、成人、もう大丈夫。でも、仕事、途中――

――ああ、警察関連の仕事でも心残りがあるということですか？――

――はい――

――どんな？――

――事故死、夫婦、遺体ない――

その時、キワさんの表情が突然険しくなって、『まさか』と呟いた。

――もしや、遺体なき葬式？――

――そう――

幽霊なのに真っ青になったと分かる表情で、キワさんが鋭く尋ねた。

――その事故についてもっと詳しく知りたいのですが、この部屋と関係が？――

――ある。来て――

そう〈見張る警官〉が言うや否や、二人はそこにある倉庫の中にするりと入り込んでしまった。壁の色に溶け込むような色合いの扉は、ぴったりと閉まっている。どうやら、話し合いの場が移ってしまったようだ。

「え！　ちょっと待って」

話の続きが気になる僕が付いて行こうと、ドアノブに手をかけたけれど、鍵がかかっていて開かない。ガッと鍵のかかっている音がしたことで、おいてけぼりに気が付いた僕達は顔を見合わせた。

「あ、多分、後で内容は教えてくれると思うので、連絡、」

そこまで言ったところで、病院の事務員らしき女性が、不審そうにこちらを見ていることに気が付いた。

「貴方達、そんなところで何をしているの？」

「ごめんなさい。僕の知人がこちらに来たように見えたので、付いて来たつもりなのに、どんづまりで、どうしようと話しているところでした」

「そこは、病院の創始者一族しか入れない倉庫だから、普通の人は来ないですよ。多分見間違えたのね」

「そうですか。なら、違う人だったんだ」

「不審な行動をとって、申し訳ありません。こういう者です」

神門刑事は、警察手帳を掲げて続けた。

「怪しい人間ではありません。この子から知人の悩みごとの相談にのってほしいと頼まれたので、病院に来たのですが、当人の姿がなくて、捜していたんです」

「ああっ、今頃メールが。遅れるって」

「そうですか？　待合室や喫茶店なら受付の真向かいにありますよ。どうぞそちらをご利用ください」

「そうします」

「失礼致しました」

　やれやれ困った人達だという雰囲気で、事務員が立ち去るのを見送ると、僕達は二人の幽霊を待つべく、喫茶店に行くことにした。キワさんとは美里の病室と約束していたけれど、今更病室に行ったら余計不審だよな。何となく気持ちが通じたようで、神門刑事も黙って応じてくれた。


　行ってみると、喫茶店というよりは食事処という風情で、年季の入った構造に、食卓や椅子までも昭和の香り漂う古めかしい造作のものが置かれていた。さすがに、不衛生なほど壊れたり汚れたりはしてないけれど、食卓にかかった花柄のテーブルクロスなんて、巷《ちまた》ではもう売っていないだろうなぁ。

　あの二人の話がどれくらいで終わるのか分からないので、とりあえずケーキセットを注文して待つことにした。

「甘い物でよかったんですか？」

「朝食抜きだから丁度いい。気にしなくていい。ただ、これを食べ終わっても二人が戻って来なかったら、私は出勤する。本当は早く知りたいけど、もう結構いい時間だからね」

「あ、はい、詳細は連絡します」

「よろしく。あ、来た来た」

お互い話すこともなくて黙々とレトロなケーキを食べ終わると、コーヒーカップ片手にすっかり手持ち無沙汰になってしまった。

「メアド、交換しておこうか？」

「ありがとうございます」

ＳＭＳを使ってさくさく終わらせると、また黙って向き合うことになってしまった。

「そうだ、あのキワさんという幽霊とは、どこで知り合ったのかな？」

「前に住んでいた親戚の家の近くに、小さいリサイクルショップがあって、そこの売り物だった手鏡に棲んでいたんですよ」

「手鏡？　鏡というとちょっと怖い雰囲気だ」

「あ、全然。そこにありますよ」

テーブルに置いていた旧式のスマホを指さすと、神門刑事はちょんと指でつついた。

「ああ、かわいいな。色はちょっと渋いけど」

「ははっ、渋いですか？　でも、女性はあまり手に取らない色合いですよね」

そこから、時間を忘れてキワさんとの出逢いの話をしてしまった。いつの間にか一時間をすっかり過ぎていた。

「いけない。さすがに午後出に間に合わなくなるな。面白かったけど、ごめん、続きはまた今度」

「あ、はい」

刑事という職業柄聞き上手なのかもしれないけれど、とても喋りやすいタイプの人で、僕はすっかり安心してキワさんについて話してしまった。

姫さんも霊が見える人だけど、こんなにも気安くお喋りしたことはなかった。一回り近く年上の女性だけど、本音を言える相手が増えたような気がしていた。女性とお茶するなどというデートのような体験は、初めてにもかかわらず、とても穏やかな気持ちでいた。

　結局、僕だけ昼過ぎまで喫茶店で粘ったけれど、キワさんは現れなかった。余程ややこしい内容なのだろうと思い、仕方なく最も暑い時間帯、炎天下に僕は帰宅した。幸い自転車だけど、徒歩だったら死んでいたかも。あまりにも暑かったので、キワさんが戻ったら一言文句を言ってやろうと思っていた。

　ところが、夜になって戻って来たキワさんが、あんなに難しい表情をしたまま一言も喋らないなどという、未曽有の事態になることなど想像もしなかった。普段は煩いくらいお喋りなのに……〈見張る警官〉から何か聞き出せたのだろうか。それとも、倉庫の中にあったものが問題だったのだろうか。謎だけを残して夜が更けた。

第三章　突きつけられた真実

日中の温度が持ち越され、熱帯夜という言葉をわざわざ使わなくなって久しい真夏の夜。既に、面会終了の夜八時をすっかり過ぎているが、そこを歩く人影があった。

人影は、警備員が常駐しているエリアに入る自動扉を、咎められるでもなく、するりと抜けた。そのまま繋ぎ目のない素材が敷き詰められた廊下を音もなく進み、明らかに並びの個室とはサイズが異なる、一番奥の小さな個室に向かった。

今日は、小安美里がいる手前の病室には寄らないで、真っすぐ奥へと足を運んだ。

部屋の扉が見える位置にもう一人警備員がいたが、親しげに微笑み合うと、人影は軽く会釈した。

「いつもご苦労様」

「そちらこそ」

互いに見知った者同士の軽い会話を交わすと、小さな個室に歩を進めた人影は、〈姫〉こと橿原理英子だった。

こんなふうにこの病室を訪うようになって、一体どれほどの季節を過ごしただろう。

今日のように日勤を終えた後や夜勤前、休日には、必ずやって来て、同じ動作を繰り返してきた。

多くは彼女の意地だったのだろう。

でも、世の中には赦せることと赦してはいけないこととある。この人の身に降りかかったことは、決して赦してはいけない類のことなのだと、これ程の歳月を過ごした後にも、やはり彼女はそう思う。

「今日もいないみたいだねえ。また『僕』のそばかな？　よっぽど馬が合うんだねぇ」

そう言うと、寂しそうに付け加えた。

「若い時分身体から抜け出していたのは、あたしにこうして世話されるのが恥ずかしかったからだよね。気付いちゃいたんだよ」

喋りながらも、慣れた手は止まらない。

「でも、関係ない人には頼めないし、例の示談交渉でさ、入院に付随した条件にしちゃったからねえ。ま、勢いでさ」

「あたしも若かったからねえ」と、口の中でぼやきながらも、反省しているようでもない。

「でもさ、あんたには生きる権利があるんだ。それを奪っておきながら、アイツ等は厳罰を免れて普通に生活している。そのことが何としても赦せなくてさ。しかも、同じゃロウに一度ならず二度も、命を奪われそうになるなんて……」

そこまで言葉にすると突然黙り込んで、彼女は作業に没頭した。沈黙のおりた病室の中で、時計の秒針の音だけが静かに時の経過を告げていた。

一連の動作に一区切りがつくと、ベッドの横に小さな椅子を据えて腰を下ろし、彼女は横たわる人の手を握って話しかけた。

「今日は……老眼かしら？　見え難くなってきたわねえ。八月十二日と。日捲《ひめく》りの四字熟語は、あー『理非曲直《りひきょくちょく》』だってさ。意味はね、道理に……」

こうして日々同じように過ぎ越してきた。

婚期を逃したとか、子どもを持てなかったとか、今の年齢になると若い時には関係ないと思っていたことも、それなりに人生の実りとして実現しなかったことに、一抹の淋しさを感じるような年齢になった。

けれど、こんなふうに、この体に手を当ててマッサージしストレッチを施し、最後にキレイに拭き上げると、そうしたことも遠く些末なことにも感じられるようだった。

もう五十路《いそじ》を目前にした彼女も、いつまでこの習慣を維持できるのか、さすがに想像もつかないようだ。ただ、彼女らしく水面に揺蕩《たゆた》う浮き草のように、『今』に身を任せて生きていくのだろう。

看護師の仕事は、夜勤があるような病院だと規則的とは言い難い。彼女も、中年にさしかかった時、過労と栄養失調で倒れたことがあった。一種の『医者の不養生』だろう。だが、おかげで用心するようになった。結婚する気のない人間の一人暮らしで、不規則不摂生は危ない習慣だからだ。

以来、自炊を始めた。弁当も持参するようになった。たまに友人に作ったりもして、気が付いたら自分のレシピで多種多様な料理ができるようになっていた。思いも寄らない副産物として、料理することで、ストレスも軽減しているようだ。

「そうだ、今日は久しぶりにカレーを作ろうかな。病院食で内臓に疾患のない人向けにドライカレーが出たみたいでね。夕食時、院内にカレーの香りが漂ってたよ。あんたは、またくんくんしてたんだろ？　いかにもな仕草を思い出すと、私も食べたくなってしまう」

体だけ横たわっている人に喋りかけても、返事がないのは分かっている。

「『暑い時に辛い物？』とかちゃちゃを入れそうだね。でも、いいんじゃないの？　余計なものを汗で出せてさ」

彼女が得意なのはキーマカレー風。準備するのは、合びき肉と野菜類。玉ねぎ、ジャガイモ、ニンジン、大根、アスパラガスにひよこ豆があれば十分。ひよこ豆がなければ大豆の水煮。カレールーは市販品の『中辛』。ひき肉の味付け用に、塩、胡椒、クミンにターメリック。水の代わりにスープストック。

今時は、夜十時頃まで開いているスーパーもある。急な献立でも、帰宅途中に素材を揃えられる。買い物をしても、家まで一時間とかからない彼女は、さっさと帰って料理に取り掛かることにしたようだ。

「もう帰るわね。そしたら、じっくりコトコト作ろうかね。夜も更けているだろうけど、出来上がった頃にはお腹はぺこぺこのはずだもの。テレビを置いていない部屋で、独りのご飯は淋しいけれど、今は考えることが多いのが救いだわね」

手のひらを最後に揉み解しながら、更にもう一言呟いた。

「そうね、彼女のことも七不思議も、あれもこれも、じっくりと事を進めましょうかね」

第一節　〈笑う恋人〉の正体

一体キワさんはどうしてしまったのだろう。

あの日を境に、滅多に僕のそばに寄りつかなくなった。姫さんや葉ーさんとは連絡をとっているようで、少し待つようにというメールが来ている。だから、心配はしてない。ただ、いつも相談していた人がいないのは、妙な喪失感で落ち着かない。仕方がないので、神門刑事や昴、諒平と会って情報をまとめることにした。

夏休みの僕達はともかく、仕事が通常営業の神門刑事は非番でないとお招きできない。直近は八月十六日で日曜日になってしまうが、僕の家に来てもらった。挨拶して親友達を紹介し終わると、僕は謝罪した。

「申し訳ありません。お盆の最終日だからお忙しいかと思ったのですが……こいつらも紹介したかったですし」

「気にしなくていい。時間がある時はあるし、ない時はないから。現状《いまのところ》は大丈夫だ」

僕達三人が恐縮する中、彼女は豪快ににやっと笑うと、「開示されているものだけだよ」と卓袱台にドンと資料を置いた。

昴も諒平も、もう少し具体的な時期や事件の当てがないと調べるのが難しいらしくて、難航しているようだったが、神門刑事はさすが警察の人だ。該当しそうなものをかなりの数でピックアップしてくれていた。

「これがあれば、楽になるよ！」と二人とも意気込んだ。

みっちり書き込まれたノートを片手に、「こんなノート作っていたら、周囲に不審がられたよ。ついでに班長から小言もくらったよ」とぼやいた。

「やっぱりまずかったですか？」

「まさか叱責されて、処分対象になるような資料でしたか？」

「うぇ〜、そら、やばっ」

「いや、そうじゃなくてね。うーん、ちゃんと説明しとくか。君達への諫言にもなるし」

「諫言……ですか？」

「そうなんだ。これは公開可能な資料だし、今の私は私的な立場でここにいるけど、刑事が本業だからね」

「ご迷惑はかけられません。ぜひどういうことか教えてください」

「うん、班長というのは、父の部下だった人でね、よく夕食を一緒にとったらしい。その際、父は少量のお酒で口が滑らかになると、私の自慢話をしたそうだ。だから、幽霊が見えるということも聞いていたらしい」

「ご存じだった？」

「うん、昨日、初めて知った。私が刑事としての手順から脱線しない限りは、知らない振りを続けるつもりだったそうだ。だけど、この件は見過ごせないと感じたらしくてね。叱責というよりは、忠告だな」

「ほっ、ダメなわけじゃないんだぁ」

「ああ、こう言われた。『開示された内容とはいえ警察の資料には違いない。あの病院関連の資料のようだな。なら、親父さんの最後の事件絡みだろうから関与を許するが、お前が刑事であることは忘れるな。未決であれ既決であれ過去のモノとなった事件の扱いは分かっているな』と釘を刺された」

「刑事であることを忘れるな、ですか。厳しいお言葉ですね」

神門刑事は、昴の感想に頷いて続けた。

「まあ、ちゃんと分かってはいたんだけどな。改めて自分の立場を問われた気がしたよ。ここにいると、幽霊が見えることが当たり前に受け入れられているからね」

「世間では、見えない人の中には、見えることに偏見を持った人もいるし、幽霊の存在自体に懐疑的な人もいるし……ですね」

「それだけじゃないな。『犯人の証言を考えてみろ。自己中心的だし、事実が主観的だ。幽霊がそうでないとどうして言える』って、付け加えられて、冷や汗がどっと出たよ」

「えーと、つまりどういう意味？」

「幽霊の証言だけで判断するなってことだ」

「え？　何が駄目なの？」

「例えば、私が幽霊の言葉を信じるのは勝手だけど、それを元に事件を掘り返して立件するとか、警察手帳で調査するとか、立場上すべきではない。刑事としては、行動には十分気を付ける必要があるってことだ。幽霊が証人だなんて、一般論でありえないだろ。万一、証言を信じて動くにしても、一般的な手順で根拠が明確に提示できないなら、警察官として関わるなってことだよ」

「あ、なる。生きた人間の証言でさえ怪しい時もあるのに、幽霊の証言に効力はないもんなぁ」

「確かに。私達は、神門刑事の警察官という立場にうっかり頼ってしまわないように気を付けないといけませんね」

「重ね重ねご面倒をおかけします」

僕達が申し訳なさでいっぱいになっていると、「私だって父のことは気になっていて、事実確認はしたいからね。そのための協力だよ」と言いつつ資料について説明してくれた。

「順番に、そうそう二番目はキワさんで七番目は小野塚花音さんで間違いなさそうなので対象から外した。それから、」

「三番目はキワさん達の知人らしいから、調べなくていいってことですが」

不意に嫌な予感がした。

「そうだっけ？　でも、どうも私が引っかかるんで調べてみたんだ。そしたらね、別件と関連があるかもしれないことが分かって。とりあえず今分かっている情報だけは伝えておくよ」

「あ、はい」

興味津々の二人が前のめりに聞いている横で、僕は、三番目について聞きたくないような気がちょっとしていた。

「一番目の〈嘆く看護婦〉絡みでは、城南地区で昭和以降にあった不審死や失踪者についての情報を調べてみた。開示してる分だけだから、該当者が絞れるかどうかは分からないけど、五番目の〈捜す女〉と六番目の〈電話する女〉もいるかもしれないので、平成分まで網羅しておいた。星印は、この病院及び近辺のものだよ」

「うわっ、星印だけでも結構あるじゃん」

「確かに多いですね。でも昭和だけでも六十四年分はあるんですものね。平成分までともなると、開示されている量だけでも半端ないんでしょうね」

「キワさん達と相談したら、もう少し対象を絞れるかもしれないね」

口にしながら、じわじわと心臓に何かが触れているような嫌な感じがした。

「情報の絞り方については任せるよ。ただ、外に漏れないように慎重にね。それから、三番目の〈笑う恋人〉なんだけど、これも何件か該当するペアはいたのだけど……これかな？」

「絞る理由があるんですか？」

何となく、今ここで絞らないでほしいと思ってしまった。どうしてだろう……。

「実は父が担当していた事件の被害者で」

「なら、関連しててもおかしくないよ」

「ええ、きっとその人達ですね」

「ただ、恋人ではなくて、若いご夫婦だ」

「ええ、ありえますね」

若い夫婦？　ますます嫌な予感がする。

「交通事故の被害者で、病院に運ばれて死亡を確認したところまでは確かなのに、その後、司法解剖前にご遺体が消えた。それで、事件性を疑われて、父が中心になって捜査していたみたい。その調査の過程で父も事故死したのだけど……」

「調査中に事故死？　偶然なんでしょうか？」

「絶対なんかありそう、だな」

盛り上がっている二人を他所に、僕の心臓は訳もなくバクバク音を立てていた。

「ご夫婦は、当時杉並区の方にお住まいで、二歳になるお子さんと一緒に、別の場所に一泊した後、多摩川方面からの帰路、事故に巻き込まれたみたいだ。お子さんの名前は掲載されていないが〈遺体なき葬式〉とかいって一部のマスコミに報じられたみたいだね。でも、父の死後、いつの間にか報道されなくなったようだな」

二歳？　僕の中で何かが大きくぐらりと揺れた。三人が歪む、霞む……。

「お子さんのその後は、どう？」

「祖父母が引き取ったみたいだけど、祖父母の名前や住所は不明。マスコミ対策で隠匿したのかもしれないね」

祖父母が、引き取った？……僕の意識は混濁し始めた。コーヒーを飲んで目を覚まさなくちゃ。カップを手に取った。

「そっか、ご遺体のその後はどうなったんでしょうか？」

「記録はないよ。でも、夫婦の名前は記事に書いてあるよ。えーと、どこだったかなあ。あ、あった。笛吹奏太《うすいそうた》さんと芙柚香《ふゆか》さん」

僕は持っていたカップを取り落とした。畳に載せたラグに広がったコーヒーは、あっという間にしみ込んでいった。

「笙？　どうしました？」

「あれ？　どうかしたの？」

二人の声がどんどん遠くなっていった。そして、フェードアウト……。

「おい、笙？　大丈夫か？　バテたか？」

「とりあえず息はしてるから、吐いてもいいように横にしましょう」

二人が僕を楽な格好にしてくれている。意識はぼんやりあるけど、判断力は全くない。そんな状態の僕の耳元で突然声がした。

――笙ちゃん！　何かあったの？――

「あら、キワさんがお帰りだわ」

「キワさんがいらしたのですか？　今、神門刑事から七不思議の三番目についての情報を聞いていたところです」

――三番目？――

声は聞こえなくても、その表情で何か神門刑事には伝わったようで、キワさんに向けた言葉が、慎重で丁寧なものに変わっていた。

「〈笑う恋人〉と呼ばれている霊で、該当する例があったんです。しかも、父が捜査の中心にいて、調査中不審死した事件で」

――なんて、なんてこった。じゃあ、笙ちゃんの封印が解かれちゃったかも――

「彼はなんて言ってるのかな？　すごく切迫した表情だけど」

「切迫？　三番目は、何だか笙にとってすごく大事なことのような気がします。キワさん、姫さんを交えて話を聞かせてください」

神門刑事に向かって、キワさんが頷いて目配せでもしたのだろう。

「そのようだね。キワさんが同意している。霊と話せる人がいた方がよさそうだな。急なことで無理のようなら、今日のところは、私は失礼するよ。彼、大丈夫かな？」

「あっ、もちろん。ボク達、残るから」

「確か、姫さん、あ、看護師長は夜勤の日だと思うので、日を改めますね」

急転直下。笛吹という苗字が出てきたことで、七不思議の解明などと悠長なことを言っていられない雰囲気になってしまった。笛吹は、祖父母に引き取られる前の、僕の旧姓だ。間違えようがない、〈笑う恋人〉は両親だ。

生憎、姫さんが夜勤の日だったので、申し出のままに、神門刑事には帰宅してもらい、二人はそのまま泊まって僕のそばにいてくれることになった。目を離しても大丈夫という雰囲気ではなかったらしい。

夜も随分遅くなってから、僕は何とか覚醒した。だけど、起き上がる力もなく両手で顔を覆うようにして、キワさんを呼んだ。

「キワさん、いる？　いるなら、答えて。〈笑う恋人〉は僕の両親なの？　封印って何？」

「「笙の両親⁉」」

「それなら、キワさん、私達は後で説明してもらいます。今はともかく、ちゃんと笙に話してあげてください。諒平もそれでいいよね」

「うんうん、もちろん。話が終わったら、合図してくれよ。な、昴」

「ええ、時間も遅いので寝てしまっているかもしれないけど、起こしてくださいね」

「二人とも、感謝……」

——そうだね。二人ともありがとう。って聞こえてないだろうけど。それにしても何から話せばいいのやら……そもそも封印が解けたといっても、いきなり全部記憶が戻ったわけでもなさそうだし——

溜め息交じりに言うと、キワさんはポツポツと当時の状況を語ってくれた。頭がぼーっとしていたので、そのまま、黙って聞いていた。

――事故当時、まだおいらは笙ちゃん達のことは知らなかったから、事故の話はご両親からのまた聞きになるんだけどさ――

おいらは、そう断ると記憶を辿るように話し始めた。

――前日に近在の温泉に一泊し、その後多摩川で遊んで、お母さんの実家に一泊と回る予定だったそうだよ。二日目、多摩川で水遊びをしている時に、お父さんに急遽翌日の仕事が入った関係で、夕食を外食で済ませた後の帰途だった。お父さんが運転する車で、笙ちゃんはお母さんの膝の上で眠っていた。

お父さんはフリーランスのカメラマンだったから、お母さんの実家には寄らずに帰ることになったんだ。フリーだもの、仕事優先にもなるよね。実家は近いからまた後日行けるとも思ったみたいだよ。事故に遭うなんてこれっぽっちも思ってなかったからね。

ともかく、高速もそれほど混んでいなくて、皆結構なスピードを出していたんだそうだ。事故は一般道に降りる途中で起きた。後ろから当て逃げされてガードレールを飛び出した車は、そのまま坂の下に転落し、ご両親はほとんど即死状態だった。

けれど、お母さんが全身でうまく庇うことができたようで、笙ちゃんは擦り傷を負ったくらいで無事だったと聞いたよ。

後続車は二重の意味で罪があった。後ろからの追突と救護義務違反だよ。近くを走行していた車がなければ、事故があったことすら、気付かれるのは翌朝になっていたかもしれない。それくらい人通りも車通りもない場所だったそうなんだ。

おいらさあ、現場に行ってみたことがあるんだよ。今はマンションが建ったりして、それなりの活気があるけど、当時空き地だったらしいから、都会なのにすごく寂《さび》れた場所だったと思うよ――」

「何となく覚えてるような気がする……音と衝撃がすごかった……」

ちょっと口を挟んだ笙ちゃんは、話を聞きながら少し落ち着いたのか、ベッドから起き上がった。ベッド脇に二人の友人が転がっているのを見て、ほっとしたように傍《かたわ》らの夕オルケットをふわりとかけた。

「二人とも疲れて寝ちゃったね。キワさん、随分長く話させてごめんね。口を挟んでしまったけど、その後も教えて」

二人がそばにいてくれるだけで、笙ちゃんの気持ちが和らいでいくのを見て、本当に彼らと仲良くなってよかったと思った。そう考えると、ご両親にまつわる話を伝えるのは、きっと今がベストタイミングなのだろう。おいらは、深呼吸してから再び話し始めた。

――こうして笙ちゃんは助かったけれど、良くない状態だった。原因不明で泣きも笑いもせず、ご飯も食べなかった。たった二歳なのに、ご両親の血を全身に浴びていたし、酷く怯えていたし。更に、何か幼心を閉ざす事態があったのではないかと疑われた。

お祖父ちゃんが一計を案じて笙ちゃんに暗示をかけた。同居していたお母さんの実家でお留守番中に御両親は事故に遭い、それを聞いたショックで記憶を失ってしまったと、長い年月をかけて事故前後の記憶を封印したそうなんだ。長らくご両親の死は、苗字の変わった小二頃だと思っていたでしょ？　素人の言葉で封印できたのは、自分でも無意識に忘れようとしていたからだろうね。

事故後、お祖父ちゃん達は、検死が完了する頃合いを見計らってご遺体を引き取りに行ったけれど、「そのようなご遺体はない」とけんもほろろだった。

ご遺体は消えてしまった。

当時の病院は、亡くなられた方を安置する場所の管理体制があまり強固ではなかっ

書　名					
お買上 書　店	都道 府県	市区 郡	書店名		書店
			ご購入日	年　　月	日

本書をどこでお知りになりましたか?
1.書店店頭　2.知人にすすめられて　3.インターネット(サイト名　　　　　　)
4.DMハガキ　5.広告、記事を見て(新聞、雑誌名　　　　　　)

上の質問に関連して、ご購入の決め手となったのは?
1.タイトル　2.著者　3.内容　4.カバーデザイン　5.帯
その他ご自由にお書きください。
(　　　　　　)

本書についてのご意見、ご感想をお聞かせください。
①内容について

②カバー、タイトル、帯について

弊社Webサイトからもご意見、ご感想をお寄せいただけます。

ご協力ありがとうございました。
※お寄せいただいたご意見、ご感想は新聞広告等で匿名にて使わせていただくことがあります。
※お客様の個人情報は、小社からの連絡のみに使用します。社外に提供することは一切ありません。

■書籍のご注文は、お近くの書店または、ブックサービス(0120-29-9625)、セブンネットショッピング(http://7net.omni7.jp/)にお申し込み下さい。

郵便はがき

料金受取人払郵便

新宿局承認

2523

差出有効期間
2025年3月
31日まで
（切手不要）

1 6 0-8 7 9 1

141

東京都新宿区新宿1－10－1

(株)文芸社

愛読者カード係 行

ふりがな お名前		明治 大正 昭和 平成 年生 歳
ふりがな ご住所	□□□-□□□□	性別 男・女
お電話 番 号	（書籍ご注文の際に必要です）	ご職業
E-mail		
ご購読雑誌（複数可）		ご購読新聞 新聞

最近読んでおもしろかった本や今後、とりあげてほしいテーマをお教えください。

ご自分の研究成果や経験、お考え等を出版してみたいというお気持ちはありますか。

ある　　ない　　内容・テーマ（　　　　　　　　　　）

現在完成した作品をお持ちですか。

ある　　ない　　ジャンル・原稿量（　　　　　　　　　　）

たというのもあるけど、誰かが手引きしたのではないかと思われた。少ないながら要所要所にあった防犯カメラには、かすってもいなかったらしいからね。

病院は奇しくも十目井病院だったのね。だから、おいらや姫もそういうことがあったらしいという話は聞いていたけど、事故直後のご両親は幽霊になって病院に出没していなかったので、暫く詳細は知らなかったんだ。

もちろん警察は遺体捜索を続けたけれど、途中何か圧力でも加わったのか、いつの間にか捜査本部を縮小し、マスコミの扱いも元々小さかったのが、消えていった。

それから、その事故を最後まで調べていたのが神門刑事のお父さんだった。十目井病院で何か見つけた時に、階段から転がり落ちて亡くなった。どうやら殺されたみたいなんだよね。この間話して、そこまで分かったところ。

笙ちゃんが七不思議の全容が書かれた姫の手紙を渡した時点で、神門刑事が調べ上げちゃうことを予測しなかったのは、おいらの手落ちだとは思う。彼女は刑事だし、お父さんのこともあったのにね。

でもね、姫や葉山とも、そろそろ笙ちゃんに話すべきタイミングだろうと相談していたんだ。どこでどのように、がネックだっただけで、本当だよ。こんなふうに思いがけない形で知られてしまうのは、予想外だったけどね。

笙ちゃん、隠していてごめんね。でもね、ご両親の要望でもあったんだ。

笙ちゃんの見鬼の才は、じじばばの説明と違って本当は生まれつきだった。御両親の死がショックで開花した能力じゃないから、自分達が見えることで、笙ちゃんが、周囲の生きている人を大切にできなくなる可能性もあった。そのせいで、前を向けなくなってはいけないと言ってね。

それに、当て逃げした車に乗っていたのは、とても危険な人物で、そいつが幼い笙ちゃんに危害を加えるかもしれないと、すごく不安を抱いていたんだ。だから、そいつに張り付いて見張ることを選んだんだよ。

そいつは、おいらともこの病院とも関係があるんだ。おそらく今回の幽霊騒動の多くは、そいつに由来するんじゃないかと思うけど、まだ根拠がなくて。

そいつに関しては話が長くなるので、また今度話すけど、二人の事故について何か知りたいことはある？——

かなり長いこと続けて喋ったキワさんは、少し疲れたように溜め息をつくと、僕の表情を覗き見た。もちろん僕の望みはたった一つ。

「会いたいよ。お父さんとお母さんに会いたいよ。今どこにいるの？」

――当然そうくるよな……でも
「でも？　ってどういうこと？　幽霊になってるんじゃないの？　昇天しちゃったの？」

――違うよ。分からないんだ。ただ、どこにいるかは花音ちゃんが行方を見ていたから、今度直接聞いてくれる？――

「花音？　なんでここに彼女が出てくるの？」

キワさんは沈痛な面持ちで、口ごもってしまった。僕は、はっとした。

「花音ってことは、美里と関係ある？」

――うん――

「病室を移動したのはその結果？」

――そうだよ――

「姫さんや葉ーさんも知ってるの？」

――姫は当事者。葉山は知らなかった。だから、姫と花音ちゃんから聞いてくれるとありがたいな――

「お見舞いに行くしかない？……」

――そうしてくれる？　姫には伝えておくから――

そこまで語ったキワさんは酷く疲れて見えた。何だろう、幽霊に疲労って似合わないんだけど、見るからに体力を奪われたような雰囲気だ。気にはなるけど、とりあえず、花音や姫さんから詳細を聞くことに集中しよう。

僕は仮眠をとってから早朝に起き出すと、爆睡していた二人を起こし、キワさんの話した内容を丸めて伝えた。

「ご両親は単なる事故でお亡くなりになったのではないんですね！」

「そいつ、ナニモンだよ」

「気になるけど、そいつについてはまた今度だって。ともかく、複雑に事態が絡み合っていて、僕自身混乱気味だよ」

「手順を踏みましょう。キワさんが、姫さんや花音さんに聞くように仰るなら、先ずはそこからです」

「事実関係の整理はその後でいいじゃん」

「うん、そう思う。だから、明日病院に行くつもり……で」

「もちろん私は同席します」

「ボクだって行くよ」

「昴はともかく、諒平、部活はいいのかよ」

「大丈夫だよ。後半の合宿組が校内を占拠するから、練習は下旬以降だよ」

「なら、頼んでいいか」

「なに弱気になってんだよ。あったりめぇだ」

「私達は笙の親友ですからっ。嫌がったって一緒に行きますからね。だけど、私は、これから一回帰宅します。着替えたいし。明日の朝、病院で集合しましょう」

「あ、ボクもそうするわ」

「毎度ごめん。ご両親が心配なさるだろ？」

「私の両親は大喜びですよ。何しろお泊まりするような友人ができたんですから」

「家も、笙なら諸手を挙げて大歓迎だよ。笙ん家《ち》って言うとほぼスルー。ふむ？　はなちゃんに会う時も、笙に会うって言えば、根掘り葉掘り聞かれないかもしれないなぁ」

「くぉら。お前ん家は、もう秘密を持たない方がいいと思うけどな」

「ばぁか、分かってるよ。冗談だってば」

軽口をたたきながら、暑い中帰っていった頼もしい親友達の言葉に勇気を得て、明日に備えよう。幸い姫さんも夜勤明けの休みで美里の病室に寄ってくれるそうなので、会話の補足説明を頼もう。葉ーさんも来られたら助かったのに、ちょっと心細い。

昼間の熱量がそのまま夜に持ち越される今夏、冷房の出力も今一つなのでそうでなくても寝苦しい中、悩ましいままに、眠りの浅い一夜を過ごした。


翌八月十八日火曜日朝、諸々の家事を終わらせてから、僕は外出した。

外に出てみると、久しぶりの雨で少しばかり涼しい。二八℃で涼しいというのもなんだけど、三〇℃超えが続く日々にあっては、もはやオアシス並みに感じる。地域によってはゲリラ豪雨で難儀しているようだから、あまり表立って喜ぶわけにもいかないが、傘をさしての外出がちょっと嬉しい。

自転車のつもりで、病院の入り口で二人と待ち合わせしていたのに、諒平とは大井町線内でばったり会った。

「母さんが持っていけってさ」と言って、お見舞い品代わりに、手作りのパウンドケーキを持参していた。通い慣れすぎて、そうしたものを用意してこなかった僕は、ちょっとしまったと思ったのが、顔に出ていたらしい。

「お前は気にするな。たった一人でお見舞いに行き続けたことで、きっと十分だよ」

「美里のお義母さんにも、似たようなことを言われたことがあるな。心ある人ってみんな同じように思うものなのかな……」

「……そうかもな」

そんな話をしていたら、すぐ駅に着いた。お向かいの電車から昴が手を振って降りて来るのが見えた。

「きっと同じくらいに着くだろうと思っていましたが、ピッタリでしたね。あ、諒平はケーキ？　よかった。急なことだったので飲み物を用意しました。店から持ち出してきたのは、父には内緒ですよ」

「内緒とかにできんのかよ？　六本もあるじゃん。無理じゃね？」

「えーと、数えた時点でばれますね。あはっ」

昴の明るい声を聞いて、何だか元気が出てきた。飲み物くらいで怒るお父さんでもないだろうけど、首を傾げて本数を確認している艶やかなまあるい頭が容易に想像できて、楽しくなった。

これから、決して楽しい内容ではないだろうことを花音に聞きに行くのに、幾ばくかの覚悟が必要だった。だから、こんなふうに気分が軽くなることは大歓迎だ。

連れだって病院に着くと、姫さんが入り口で待っていてくれた。

「キワから聞いてる。一緒に美里ちゃんの病室へ行こう」

「「はい」」

「全く。相変わらず息はピッタリね」

「仲良しと言ってください」

「以心伝心かな？」

「単純とも言わねーか？」

夜勤明けの休みをつぶしてしまったというのに、疲れを見せない姫さんに感謝しながら、軽く笑い合った僕達は、エレベーターに乗って上階の警備付きの特別室階へと向かった。病院のエレベーターは高速で上がるタイプではないが、たまたま僕達しか乗っていなかったのと、途中階で止まらなかったせいで、ゆっくり考える間もなく特別室階に着いた。

エレベーターを降りた瞬間、僕はいきなり緊張していることを自覚した。そうなのだ。初恋を自覚した途端に失ってしまった相手に、また会えるのだ。じわじわと胸に上がってくる感情にちょっとたじろいだ。

昴は、僕のそんな様子に気が付いたようで、軽く肩に手を置いた。すると、さっきのジュースの話をふと思い出して、意外とリラックスしてきた。やっぱり持つべきものは心の通う友だな。うん。

これまではキワさんが全部を代わってやってくれていたけれど、実際に肩から伝わる本物の温かみが与えてくれる勇気は、何にも勝る。キワさんとは別の意味で、支えてくれている。頼りになる。

特別室階の入り口に控えた警備の人に挨拶して病室の前に着くと、姫さんが代表して戸を叩いた。

「あら、既に揃っているようよ。笑い声が聞こえてるわ」

霊の声なので、当然二人には聞こえない。

「お揃いなんですね。僕達はお目にかかれませんが、幽霊の存在を認知できない者の挨拶は届くものでしょうか？」

「ん、多分届くよ。直接言ってあげて」

「ボクも挨拶する。いる場所だけ教えてくれ」

「分かった」

そんな会話をしながら、姫さんの後に続いて病室に入った。当然いつものように、眠り姫の枕頭には、本人とその母、そして久しぶりに見る花音の姿があった。

「美里の枕の左側に、三人とも小さい姿でいるよ。右から美里、お母さん、花音の順に並んで座ってる」

二人は「初めまして」と異口同音に頭を下げると、次の言葉を譲り合った。諒平が軽く昴に「頼むよ」と声をかけると、昴は自己紹介から始めた。

「私達は皆さんのお姿を拝見できませんが、笙からあれこれ聞いています。私は田中昴で、こっちの大きい人は、唐沢諒平です。二人とも笙と親しい友人なので、必然的に今回の件にも関わるようになりました。姫さんや笙の通訳がないとお気持ちを聞くことはできませんが、なるべく尽力したいと思っています。よろしくお願いします」

微妙にずれた視線だが、三人に誠意は伝わったのだろう。頷き合っている。

「あ、ボク達三人は二年になって同じクラスになったんだ。だから、君達とは多分高校で面識はなかったと思うよ。だけど、笙とは足並みを揃えていたいんで、話を一緒に聞かせてもらうね」

　諒平にも感謝の視線を向ける三人の霊の表情を確認すると、やっぱり気になる。

「キワさんは？」

「ちょっと疲れたみたいね。後で合流するって言ってたけど。まあ、今回はいなくても話は進められるでしょ？」

　やっぱり疲れたんだ？　霊が疲れるってどういう状態なんだろうと新たな疑問も湧いてきたけれど、今日の本題じゃない。

「あ、はい、じゃ、僕が主導していいですか？」

「ええ、補足と通訳は、とりあえず任せて」

　そう言うと、姫さんは、二人を個室の接客用ソファーへと誘った。

　僕は三人が腰かけるのを待って、ひとつ頷いて深呼吸すると、病床のそばにおいてある背の低い椅子に腰かけて、花音と目を合わせた。あの初恋の高揚が嘘のような意外と冷静な自分に、僕は驚いていた。

「やぁ、久しぶりだね。元気だった？　と聞くのも変だけど」

――んー、こういう状態に慣れるまでに少し時間はかかったけど、いろいろ教えてもらって随分あれこれできるようになったよ――

誰に？　とは聞かない。姫さんやキワさんからだろうことは、想像に難くない。だって、生前花音はこんな髪型や服装はしていなかったと思う。ツインテールにメイド服って。キワさんの入れ知恵以外ありえない。

「留まっているなら言ってくれてもいいのに」

――ごめん。昇天するって言った手前、何か気まずかったのもあるけど、一番は、みぃちゃんのそばにいないといけないと思ったから。見張ってないとやばかったのね――

「その辺りの事情から順番に教えてくれる？」

――いいよぉ。佐藤達と別れの挨拶をした日にさ、もう一度みぃちゃんの様子を見ておこうと思って、ここに移る前の病室に立ち寄ったんだぁ。去り難くてぐずぐずしていたら、すっかり夜も更けた頃に、部屋に入り込んで来る奴がいてさぁ――

そこから、僕達がクラマチなんかでバタバタしていた時分に起きた騒動について、長い説明があった。

十目井病院の理事長である仁人の存在と、そのエロい行為。美里を守るために、姫さんと清掃のおじいさんに憑依したキワさん、花音と三人が協力して撃退したこと。
警察には届けていないけれど、前例があるので、病院長や会長と交渉したこと。
そして、実は、その騒動に両親の霊も加わっており、渦中、仁人の体から滲み出てきた昏い靄を体内に押し戻すために、消えてしまったのだという事実。
そうした事情を聞くにつれ、一つ一つに疑問符がついた。
キワさんって憑依した人を操れるの⁉
なぜ警察沙汰にしなかったのか
前例とは何なのか
昏い靄とは何なのか
そいつと両親には何の関わりがあるのか
なぜ、両親の霊は病院にいたのか
なぜ、両親の霊はその騒動に加わったのか
昏い靄を体内に抑え込む理由は何なのか
最後に、僕はそいつをどうしたいのだろう？

そうした疑問に花音は答えることはできなくて、改めて姫さんとキワさんとの話が必要なようだった。けれど、両親の霊の行方については分かった。そいつの体内に昏い靄を抑え込むために共にいるのだ。両親の霊を何としても助け出したい。けれど、僕に出来ることは何なのか、何をする必要があるのか、皆目見当もつかない。

「聞きたいことが多すぎて何から聞けばいいのか分からないのだけど……一番に引っかかっているのは、その十目井理事長という人に、キワさんともそうですが、姫さんも病院のスタッフとして以外にも、何か面識があるのですか？　そこが分かると話が早いような気がするんですよね」

「二人は話について来《こ》れてる？」

姫さんは僕の質問に答える前に、昴と諒平を気遣った。二人が頷くのを見て、姫さんは続けた。

「あたし達とは、うーん、とても長い因縁があるのよね。そうねー、何から話すかなあ。うん、そうそう、キワが若くして幽霊になった理由を聞いたことはある？」

「ありません。全部いつかまとめて話すって、保留にしていることの一つです」

「そっか。じゃ、そこから説明が必要ね。私、祐司、キワの三人は高校の同級生でね。

祐司は葉山弁護士のことよ。あたし達は弁論部に所属していたの」

「あ、同級の部員が写った写真は、葉ーさんから見せてもらったことがあります」

「その写真に、あたし達以外にもメンバーがいたのは覚えてる？」

「顔までは。でも、あと四人いたかと」

「その四人の一人が十目井仁人。残りの三人も人格的には大概ろくでなしだけど、今はそこそこの地位にある人ばかり。仁人は中でも、酷い奴だった」

「その弁論部内で何かあったんですね？」

「そうね。何かあったというよりは、最初から、四人はともかくキワが気に入らなかったの。理由はよく分からないけれど、貧しいくせに同じ部員だからとか、口の利き方が気に入らないとか、大した理由でなかったことは確かね。知性の欠片《かけら》も感じられない連中だったからね」

「そんな……」

「ただ、私や祐司が庇ったことで火に油を注いでしまった」

「キワさんは、いじめられていたんですね」

昴が痛そうな表情で確認した。

「初めのうちは言葉でだけだったけど、聞いていて不愉快になるくらいには酷かった。それが、何がきっかけかは定かではないけれど、キワをもっと追い詰めることにした……」

ぎりりと奥歯をかみしめて姫さんが、怒りも露わに続けた。

「今思い出しても腹が立つわねっ。はあ〜。簡単に言うと私を模した人形を人質にして、離れたところにいるキワに屋上から飛び降りるように指示したの。一介の高校生が、ご立派にも自殺教唆よ」

「そんなっ、まさかっ！」

「「はっ」」

僕の隣で二人が息を呑む音が聞こえた。

「人質がいたからってフェンスを乗り越える必要はないじゃないか、と言う人もいたわ。四人組がどんなに悪辣でも、さすがに実際に手を汚してあたしを殺すはずがないだろうに、真に受ける方が馬鹿だともね。でもね、不幸な境遇にいたキワにとって、あたし達は何にも代え難い存在だったのよね。多分、祐司であっても同じだったはず……」

僕の喉が嗚咽でぐっと鳴った。何とか堪えて、確認した。

「キワという呼び名もそいつら？」

「あ、それは中学生の頃の話らしいし、あいつらは知らない綽名よ。謂れが謂れだから、図に乗るといけないと思って、祐司とあたしとでしか使ってなかったから」

「よかった。酷い名で呼ばれ続けてたのかと思った……」

「それなら、今もキワと呼ぶことを、あたしが、あたしにも君にも、許さないよ」

「あ、そっか……確かに」

僕が口ごもった横で、昴が冷静に質問した。

「それにしても、それはもはや犯罪行為ですよね。その四人は実刑を食らわなかったんですか？　せめて鑑別所とか少年院とかに送り込んでもよさそうなものですよね」

「四人の親がね、手を回したの。政界、司法界、マスコミ、病院とね、揃ってた。だから事件にもならなかった」

「そんなことが、実際にできるものですか？」

「マジっ？　まるで小説みたい」

我慢の限界を超えたように、諒平が口を挟んだ。

「できるようね。最近も神奈川かどこかで県警のおえらいさんが、息子の自動車事故を隠蔽したのがばれていたじゃない？」

「そのニュース、聞いたことがあります」

「さいってぇ」

吐き捨てるように諒平が言うのに、姫さんが応えた。

「汚い世界よね。だから、あたしはね、裁判で争うよりも示談にして、あれこれ交渉して必要な権利を得ることにしたのよ。キワには守ってくれる親がいなかったからね」

「あ、前例って、そういうことかぁ」

諒平が納得している横で、僕は姫さんの言葉に何か違和感を覚えていた。権利って何だろうと。けれど、もう次の話に進んでしまって、その違和感を解消することは取りこぼされてしまった。

「そう。今回は、美里ちゃんの入院費と病室を警護付きの特別室に移すことで手を打ったのよね。警察沙汰にしても、現状がよくなるわけじゃないからね」

「あのお義母さんも納得してるんですか」

「納得……はしてないかもね。最近話したけど。美里ちゃんについてはね、彼女はとても優しい人だよ。だから、許し難いと思いながらも、入院が維持できるならと前向きに捉えることにしたみたいね。何しろ、病院側としても入院費が払い続けられない場合、生命維持装置をとり外すよう促すことになってしまうからね」

「そっか、入院費か。生命維持装置って、確か馬鹿みたいに金がかかるらしいからなぁ」

「え？　ということは、お義母さんには、先立つものがないということなのですか？　お金持ちに嫁いだのに？」

「結婚の時の取り決めで、あまりお金は手に入ってなかったらしいわね」

「ええっ？　じゃ、今までどうやってたの？」

「自分の貯蓄とか稼ぎとかを切り崩していたみたいね」

「美里さんの今後のことは、絶対その方も交ぜて相談すべきだと確信しました」

昴の一言に皆が全くだと頷いていると、昴が続けた。

「それと、前例というなら、亡くなっているキワさんの場合どんな権利を得たんですか？」

さすが昴！　僕の違和感をちゃんと言葉にしてくれた。とちょっと感激していると、姫さんが黙って僕達をじっと見つめた。息の詰まるようなその数秒の間に、ものすごく重大な秘密のニオイがした。

——姫。連れてきて——

唐突にキワさんの声がして、姫さんがたじろぐのが見えた。

「いいの？」

——多分今しかないでしょ？——

「キワがいいなら」

そう言うと姫さんは、ソファーからすっくと立ち上がって、僕達を手招きした。

「一緒に来てほしい場所がある。ついて来て」

第二節　カミングアウト

　そう言って姫さんが僕達を案内したのは、美里の病室の三室向こう、特別病室区画の中でも一番奥の狭い病室だった。

「病院がリニューアルした時から、ずっとこの病室にいるんだよ」

　姫さんの言葉は、僕の中で素直に受け入れられないまま、水面の油のように浮いて、表面を滑った。

　ベッドの端にかかるネームプレートには、【祖父江侑一】とある。遠目にかすった時に、記憶にある名前のような気はしたが、具体的に誰かと結びつくことはなかった。すごく足が重い。昴と諒平を見遣ると、二人とも酷《ひど》く緊張した表情だった。

　僕達がその病室でその人を目にした時、最初は全く誰か分からなかった。

　櫛は通っているけれど伸び放題の髪や髭、痩せて窪んだ眼窩、干からびた……頬や腕。生命維持装置でやっとこの世に留まっているような姿態に、病室に入ったものの、入り口から一歩も近づくことができなかった。

アロマオイルを焚いたような香りがする中に、何か饐《す》えたような臭いが鼻孔を擽《かす》めたのも、僕達を怖気づかせた。

「この人は、祖父江侑一と言います。私達と同級生だったの」

ベッド脇の背の低い椅子に腰かけながら姫さんがそこまで言った時、どうしようもない衝撃が脳内を襲い、膝ががくがく震え始めた。まさか、まさか、

「もう分かったわね……キワの体よ」

「生きて……」

「マジか……」

同時に絶句した昴と諒平の声が聞こえていたが、僕の喉はひりついて言葉を発することができなかった。

「そうか……美里さんと同じだったんですね」

こういう時の昴は実に現実的で、的確だ。突然僕は腑に落ちた。なるほど、美里を『生霊』と表現した時のキワさんの微妙な表情が思い浮かぶ。ヒントは随所に散らばっていたのに、思い込んでいた僕には真実が見えなかったんだ。

「そっか、こういうことだから、交渉が必要だったってことかっ」

「ええ、病室や生命維持装置の確保のためにね。この警備員付きの病室区画は、十五年前、このために作られたようなものなの。実際十室くらいしかないでしょ？　でも、警備が必要なケースはほかにもあるから。結果としては病院には有用だったけどね」

「ほかにもおいでなのですか？」

「犯罪絡みでね。家庭内暴力とか、性的暴行とか、犯人を近づけたくない場合がほとんどよ。今も二部屋しか空きはないくらい」

「あ、なる。ＤＶとかストーカーとかいろいろありそうっすね」

「確かに、どの病室にも名札がかかってなくて、絵だけで入室中が分かるようになっているようですものね」

　そう昴が言った後暫く、沈黙が続いた。姫さんは黙って僕を待っている。何か言わなければ。焦る気持ちと裏腹に、口から出たのは極当たり前の疑問だった。

「キワさん、いつから？」

「飛び降りた後からずっとよ」

「え？　では、三十年もですか？」

「そんなんあり？」

「ええ、起き上がる期待はもうできないけれど、キワが知性のある幽霊たらしめているのもあって、私と祐司の希望で現状維持が続いているの」

「知性ある幽霊？」

「笙太君は、既に気になっていたみたいだけど、キワは、コミュニケーションが双方向でとれるし、新しい知識の獲得も可能よね」

「双方向……キワさんしか真面《まとも》に会話する幽霊はいないから、ほかは分からないです。でも、そこはあまり気にしていなかったです。ただ、仏教用語とか難語とかは、普通の高校生レベルの知識じゃないから、新しく仕入れたんだろうなって、不審には思っていました」

「仏教用語？　あ、それはね、多分そこの四字熟語のカレンダーからよ」

「あぁ。家もトイレに掛けてあるある」

「え、そうだっけ？」

「母親がさ、少しは言葉を覚えろって」

「あはっ、なんからしいな。でも、そっかぁ、前から、学習能力があるにしても、雑学っぽいとは思ってたんだよね」

「それに、普段から笙とかなり長い会話も、意味のある内容でしていますしね」

「確かに、普通に幽霊って言われているモノが発する言葉は、ほとんど単語だし、他人の話を聞かないし。うん、違うな……」

「幽霊が知性的なのには、いろいろ条件が必要みたいなの。キワみたいな存在が最たる者で、亡くなっている方でも、相当会話に長けた幽霊もいるのよ」

――そうだよ。例えば、笙ちゃんのご両親みたいにね――

突然、それまで沈黙していたキワさんが、口を挟んだ。

「え？　僕の両親？　亡くなっているのに、喋れるの？」

――学習能力は努力を要するけど、普通の会話は可能だよ――

「そんな。なら、なおさらどうして僕の前に現れてくれなかったんだよ」

――以前言ったけど、前を向いて、周囲の人に目を向けて生きてほしいから。そして、おいらが見守って、報告することを託されたから――

「託された？」

――この病室……いや、おいらの体にはね、二人の臓器が生体移植されたんだよ

――

衝撃のあまり、僕は口から胃が飛び出しそうになった。そんな話、荒唐無稽だ。

「そんな、そんなこと、じぃちゃんばぁちゃんから聞いたことないよっ」

――これが、ご遺体が紛失した理由だよ。この病院で秘密裡に生体移植が行われた。ご両親からおいらの体へ。そして、おいらに移植されなかった部分は別の人へと
――

真っ青になった僕を心配して、二人が姫さんと僕を交互に見ている。こうした場合、幽霊の声が聞こえないというのは、なかなか不便だ。僕には説明を加える余裕がないのを見て取った姫さんが、口を開いた。

「あのね、ご両親からの臓器提供が、キワにあったという話をしているの」

「なん！　それって、ご両親の意志なのですか？　臓器移植カードとかに意思表示があったのですか？」

「そういうのがちゃんとあれば、ご遺体は行方不明にはならなかったでしょうね」

「マジかっ！」

「まさか、そのための事故ですか？」

「おそらくそのまさか。ちょっと、私から補足説明するね。事故が起きる何日か前の

こと。十五年前、十目井仁人は、キワを亡き者にしようとした。キワの存在はあいつにとって、事件以降長いこと目の上の瘤だったからね。時間をかけて病室を特定すると、人目の少ない夜に、体中木槌で殴りつけたの」

「そんなっ」

「ひどっ」

「おかげで、体中ぐちゃぐちゃよ。もう一度屋上から落ちたみたいな状況だった。キワはあいつに二度殺されたようなものよ」

「あ、あんまりですっ」

「三つ子の魂ってやつか？」

「そうね、何年経っても同じことしかしない愚か者なのよ。しかも、その時は内臓のダメージが特に酷くてね。もう、体がもたないだろうって、医者に匙を投げられて。私や祐司はとても赦せなかった。だって、当時、だいぶ機能的に改善が見られて、覚醒が期待されていたのに……」

辛そうに話す姫さんがどんどん疲れていくように見えた。だけど、僕には思い遣りのある言葉をかける余裕は全くない。目が合ったけれど、思わず逸らしてしまった。

「本当は、あのままにして送ってあげるべきだったのね、きっと。キワにとっても、笙太君のご両親にとっても……」

「姫さん、笙のことを考えると、そうとも言えないような……それにしても、一旦匙を投げたのに、急転直下どうして移植することになったのでしょう？」

言葉を継げない僕の代わりに、昴が聞いてくれる。

「多分、当時、この病院の看護師だった私が、『キワを元に戻して！　戻してくれないならマスコミに拡散してもらう』と騒いだからでしょうね」

「そいつの親って、各方面に圧力を掛けられるんじゃねーの？」

「高校生当時の事件で各方面に圧力をかけられたのは、四人組だったからよ」

「あ、そっか。そいつの親は病院関係者だったたか。でも、馬鹿の仲間なら今も交流あんじゃね？」

「そうね。ただ、二回目、十五年前の場合、元級友の縁故でマスコミの協力を得られたとしても、全部の媒体を抑えるのは無理だったしょうね。結局自分の息子の仕出かしたことじゃないから。他人事でしょうから」

「子が子なら親も親なんですね」

「それに、キワが事件後も生きていたことを知れば、当時の同級生の中にも、疑問を抱いて黙ってはいない人もいただろうし。高校当時は生徒に詳細を知らせなかったけど、人の口に戸は立てられないから、事実の一端にでも触れていれば、追及する人が現れたかもしれない。アイツらとは別口のマスコミ関係者になっている同級生もいたから」

「なる。あちこちから漏れるっ、探られるっ」

「十五年前は単独犯だから。親同士がタッグを組んでがっつり圧力をかけた高校生当時とは、状況が違ったのが大きかったと思う」

「それだけでなく、生体移植を売りにしたいとか、当時は、病院の経営状態もあったのかもしれませんね」

「ええ、その通りだと思うわ。ここの外科部長は、今では日本で屈指の移植の権威だもの。仁人のお兄さん……」

「なら、病院ぐるみかっ？」

「誰がどこまで知っているかまでは分からないけれど、事故を起こしたのは仁人で、目撃したのは病院関係者だったから、少なくとも何人かはグルでしょうね」

「誰も捕まってないってことだよな？　事故死させといて、移植を実行するとかって。そんな奴が真犯人かよっ！」

「親からの、恥知らずを外部に知られまいとする圧で、そんなことを思いついたのかもね。悪い意味で親の気を引きたかったのかも。そして、親の期待のかかるお兄さんには、腕試しの力添えとかいって、一蓮托生のつもりで巻き込んだのかもしれないし」

「あんまりです。キワさんも笙のご両親も人形じゃないんですから。あっ、待ってください、確か目撃した人が救急車を呼んだはずですよね。もしもその目撃した人が証言してくれれば、犯行を立証できますか？」

「そもそも、目撃者は病院長の運転手でね。彼が目撃できたのは、院長命令で仁人の後をつけて見張っていたからみたいね。問題を起こすたびに、尻拭いをしていたらしいから。笙太君のご両親は既に亡くなっているのが確かだったから、救急隊員に十目井病院に向かうように指示したみたい」

「うさんくせー」

「計算ずくだったとしか思えませんね」

二人の悪態に軽く同意するように頷いて、姫さんは続けた。

「確かにね。その後、どういう話があったのか、どうしてそうすることになったのかは分からない。箝口令《かんこうれい》が敷かれていて、誰も喋らない知らない状況だった」

「すげー周到！」

「その運転手さんは、移植についてご存じの立場だったのでしょうか？」

「どうかしら。事故の尻拭いをしただけかも。ただ、その人はもういないの。当時既に、相当老齢の運転手さんだったから」

「『ああ』」

二人で会話が進む中、僕は衝撃を受けたままソファーの上で丸くなっていた。何をどう考えればいいのだろう。分からなかった。

その時目の前に、突然キワさんがやってきて尋ねた。

――笙ちゃん、おいらが憎い？――

僕の様子を気にしてくれていたらしい姫さんが会話の途中にもかかわらず、振り返ってキワさんを叱責した。

「キワっ！　そんな追い詰めるようなこと！」

――おいらが笙ちゃんのそばにいない方がいいなら、二度と姿を現さないよ。おいらのことが憎いなら、すぐ消える――

「違うっ！　そうじゃないっ！」

僕は感情のままに怒鳴った。驚いた顔で昴と諒平が、黙ってこっちを見ている。

「そんなの違うよ。キワさんが悪いんじゃないのに、憎めるわけないじゃん。それに、長い年月教えてくれないから、それ相応の事態が絡んでるとは思ってたよ。だから、どういう事実でも、誰かを憎んだり恨んだり、復讐なんてしないって心に決めてたよ。まして、キワさんだって被害者じゃん」

「そうよ、憎むべきは、こんなややこしい事態にしてしまった私よ」

姫さんが唸るように口を挟んだけれど、僕はそんなことを望んでいない。大好きなんだよ、二人とも。

「そうじゃないっ！　そうじゃないんだ！　事実が、僕の想像の斜め上を行っていて、感情がついていかないだけだよっ」

――笙ちゃん、落ち着いて。お願いだから。気持ちをちゃんと受け止めるから
――

「冷静になれるわけないじゃん……」

言葉が尻すぼみに勢いを失った。涙が溢れ出た。ただ驚いただけなのか。それとも誰かを憎いと口にすればいいのか。自分でも感情をもてあました。

「すごく気持ち悪い……」

浅い呼吸を繰り返す中、考えた。

そもそもそいつを本当に殺したいほど憎いのだろうか？　それとも、教えてくれなかった大人が憎いのだろうか？　あるいは、知ろうともしなかった自分が憎いのだろうか？　何をどう考えるのが正解なのか、どういう態度をとればいいのか、さっぱり分からない。

「……どうしたらいいのか、これっぽっちも分かんないよ……」

みんな、痛々しい人を見る目で、こっち見ないでくれ。僕は可哀想なんかじゃない。

怒鳴ってしまいそうなのを、やっと堪えた。

その時、意外にも諒平が口を開いた。ソファーの向かい側に座っていたのに、立ち上がって主張した。普段はあまり自分から会話を主導するようなことはしないのに、黙っておれずというふうに。

「あのさっ、キワさんも姫さんも笙を見縊《みくび》らないでくれよっ。こいつが憎むべき相手を間違えるような奴だと、マジで思う？」

　昴が勢い込んで付け足す。

「全くです。惨《むご》い事実を知って混乱していても、笙がお二人への好意を忘れてしまえるはずがないじゃないですか。笙を馬鹿にしないでください」

　そうなんだ、僕に黙っていたことと、両親を殺した相手を憎むことは、別問題なんだよ。人の言葉で自分の気持ちが明確になった気分だ。僕の気持ちを代弁してくれた二人に向かって、姫さんが頭を下げる。

「ふーう、確かにそうだね」

　長い溜め息を吐くと、付け加えた。

「柄にもなく、ちょっと冷静さを欠いたようだね。ごめん、全く、その通りだわ」

　僕に向かって頭を下げると、ごめんと言いながら僕の横に立ったキワさんの言葉を、二人に伝えた。

「ああ、キワも謝罪しているよ。『自分の感情に任せて、大切な友達を愚弄するようなこと言って、ごめんね』だって」

　当然のごとく、諒平が二人に返答する。下から見上げると、不満そうに小鼻を膨らませているっぽい表情が『らしく』て、ちょっぴりおかしくなった。

「謝ってもらうようなことじゃないよ、マジで。ボク達ってみんな、笙のことが馬鹿みたいに好きなんだから」

「諒平も、たまには真面《まとも》な台詞を言うことがあるもんなんですねー」

「こらっ昴！　言うに事欠いてっ！　ボクはいつだって真面だよっ！」

「いえいえ、最大級の褒め言葉ですよ」

「褒め言葉には聞こえんわっ！」

二人のおかげで、ほのぼのとした空気が流れ始めた時、突然病室内に小さな人影が二つ浮かんだ。何か今までと異なる空気が流れたような気がした。

そして、二人の幽霊はゆらりとベッド脇に立って、キワさんに喋りかけた。僕の側からはちらっとしか見えなかったので、二人？　と疑問に思いつつ、誰なのか確かめようと、丸まった背を伸ばしてぐいっと向き直った。

何だか見覚えがある？

——その、お取り込み中申し訳ないんだが、キワ君、相談があってね——

——随分大人数でお集まりなのね。あらまあ、姫さん、お久しぶり——

「笛吹さん⁉　あの靄は？」

笛吹さん？　はっ？

――その話で　ん？　君は？――

「お父さん？　お母さん？」

――！――

「「「！」」」

今日何度目かの驚愕に僕達は、固まった。

「笙のご両親がいらしてるんですか？」

「昏い靄とかを抑えてるんじゃねーの？」

二人の言葉が、僕達の総意だった。

両親の存在を捜してきょろきょろしている二人に、僕はすごく感謝したい気持ちでいっぱいになった。ソファーから立ち上がると、キワさんのベッド脇に立って、胸の辺りまで手を挙げた。

「あのね、両親は丁度この辺りに、二人並んで浮いているよ」

ああ、と頷くと、僕の胸の辺りに視線を定めて、二人はにっこり微笑んだ。

「お父さん、お母さん。会えて嬉しいよ」

そう声をかけると、両親は僕の方に向き直って、そっと返事をした。

――私達も――

両親の顔が歪んで見えた。涙は流していても、こうして落ち着いていられるのは、キワさんはもちろん、姫さんや親友達の存在のおかげだ。僕にはすごい友達がいるんだと、両親に伝えておきたい。

「お父さん、お母さん、紹介するね。僕の親友だよ。向かって右が田中昴、左が唐沢諒平。幽霊は見えないけど、僕が見えると信じてくれている貴重な友人だよ」

――信じて……ありがたいな　そんな人が笙の周りにいるのか……――

――なんて、なんて素敵なお友達なの！　仲良くしてくれてありがとう！　ほんとに嬉しいわ――

言葉を伝えると、昴がすぐ返答した。

「こちらこそ！　私にとっても初めての親友なんです。一生大切にしたい友ですから」

「だなっ。感謝ならこちらこそっ」

諒平の追随を聞きながら、もしも二人がいなかったら、僕は今日の衝撃にどのくらい耐えられただろうと不思議に思った。こうなることを予見したようなタイミングで親友ができたことへの、縁というか運命というか、そんなものを感じていた。それから、姫さんが言うように、会話が成立していることが、その由来はともかく何より嬉しかった。

「いけない。あまりにも感動的なシーンに、本題を忘れていたわね。笛吹さん、どうやって出てこられたの？　仁人《アイツ》はもう普通に戻ってるの？」

――そうだった。大変なことが起きたのを伝えに来たんだよ――

――靄が抜けて常識的な人になった？　もしくは、靄は抜けたのに、元々もっと邪悪だった？――

――キワ君、どれも違うのよ――

――私達はあいつの中で、昏い靄に交じって何とか自分を保っていたんだ。夫婦二人だったのもよかったみたいだが、それはもちろん、肉の記憶があるからだと思う――

「肉の記憶？」

初めて聞く単語に、僕は戸惑った。

——細かいことは後で説明するわ。ともかく普通の霊より自我を保つことに長けているの。だから、凶悪な靄の中にあっても、私達で抑えていられたの——

——それが、つい最近になって、とんでもない量の昏い靄、しかも今までになく強烈な恨みを持っている靄が、仁人《アイツ》の中に大挙して侵入してきたんだ——

——あんまり恨みが強いので、私達みたいに同化しない存在は異物と判断したみたいで、突然二人とも外に放り出されたの——

——その刹那《せつな》感じたんだが、どうも今までの靄よりも邪悪な印象だったんだ——

——おそらく、私達では抑えられないと思うの。別の方法を考えないと、仁人《アイツ》がもっと邪悪な人間に変わってしまうわ——

——それは、聞きしに勝る大惨事だな。元から仁人《アイツ》の中にいた靄だけでも、お二人が苦労して封じたのにね——

キワさんがぼやく横で驚愕して固まった姫さんが、二人に説明するのを失念しているのを見て、僕が慌てて事態を告げると、二人は顔を見合わせた。

「神や仏に頼るべき領域かもしれませんね」

「今までどこにいたんだろ？　なんで急にそいつの中に入ったんだろうな？」

二人の言葉を聞いて、それまで呆然としていた姫さんが突然慌てた。

「大変だわ。早く院内の霊を、単独であるうちに昇天させておかないと、一気に取り込まれてしまうわ。キワ、どうしよう」

――笙ちゃん、心がざわついている時に申し訳ないけど、例の七不思議、どうなってる？　顕在化している霊だけでも、どうにかしてあげないと、それこそ患者さんが取り憑かれて、被害が出るかもしれない――

僕は慌てて調べた内容を提示して、みんなと情報を共有した。そして、話し合いの末、次の土日、二十二、三日の二日間で、何とか対応しようということになった。

当然、葉一さんや神門刑事のスケジュールも考慮してのことだ。何しろ、院内を動ける幽霊と人間、しかも幽霊が見える能力がある人とない人と、うまく組になって例の幽霊達を捜さないといけない。

事情を知る人は多いほどいい。一気に捜し終えたい。それは、あまり時間を空けたくないからだ。僕達の学校が始まってしまうと、行事が目白押しだから、集まりにくくなってしまうもの。

初めてのことなのに、対応のための情報があまりにも少ないので、キワさんが先に院内を回って、幽霊が一番出没する場所を確かめておいてくれることになった。手分けしようってわけだ。

　僕達は、候補のご家族を捜したり、その後の情報がないか確かめたりする必要があるので、予定日まで丸四日猶予あるのはありがたい。だけど、文化祭の準備や部活で学校にも行かなくてはいけない。やっぱり時間がない。

第三節　和菓子に、七不思議に

翌十九日水曜日には登校する用があったので、病院近くの駅で解散したのだが、受けた衝撃が大きすぎて僕達が軽口をたたくことはなかった。あんなことが実際にあるものか。自分の目で見たのでなければ、信じないところだったが、あれはまごうかたなき事実だ。

といって、いくら衝撃的な事実を知った後であろうとも、平素の活動に支障をきたすわけにはいかない。登校すると、文化祭の準備で、部活の合宿前半組のほとんどと一緒に、僕達も教室に集合した。

大道具担当の手伝いは、廊下や校門前に飾る看板の板張りや、教室内の飾りつけに備えて各所にフックを仕込むところまで。背の高さがモノを言うところばかりだ。あとの細かいところは、裁縫や細かい仕事が得意な連中が、急ピッチでやってくれる。

僕達三人は、そもそも調理担当だから、メニューの決定が一番大事だ。なので、一人二品ずつ作り、級友の評価の高いものを三つ選び、更に改良するためのコメントをもらうのが、本日最大の任務だ。

当日は、教室と同じ階にある化学室で準備をすることになるので、実際にそこで調理してみて、具合を確認するのも任務の一つだ。

化学室はコンロが備え付けられているので、火は使えるが、大量の冷菓の類を冷やし固めるだけの大型冷蔵庫はない。けれど、コンセントがあるので、電子レンジや小型冷蔵庫を持ち込むことは可能なようだ。なので、短時間で調理可能で、固まりやすい寒天を使ったお菓子を中心に考えた。

僕は、潰した梅干しを入れた角心太（製氷皿で冷やしたのね）と優しい彩りのラムネ入り丸寒天（これも丸型の製氷皿で）。

昴は、プラスチックカップを金魚鉢に見立てた蜂蜜寒天と小豆餡を乗せた白玉団子。小さい金魚の型抜きを、お父さんが河童橋で見つけてくれたらしい。デザート用に使うからと言い訳しつつ。ぷっ。

そして、諒平は、シンプルな水羊羹と小豆餡バタートースト。水羊羹はともかく、トーストは、お母さんに相談して、アイデアをもらったようだ。

作成時間や材料費などもアンケート用紙に掲載しておいて、皆に一人二つまで選んでもらう方式だ。お茶は、麦茶と日本茶のどちらか。もめたら、相談する必要があるかもしれないけど、昼休み中には合宿組の票も集まるから、決まるだろう。

まあ、なんだな。男子にとっては腹の膨れるメニューが少なかったので、選ぶものが偏ったし、女子は見た目重視という点で分かりやすかった。男子は、圧倒的に小豆餡バタートーストが多く、次いで白玉団子と続いた。女子は、かわいいからとラムネ入り丸寒天と金魚鉢を選ぶ人が多かった。

実際作ってみて分かったことだが、白玉団子は茹でた後冷たい水に浮かして保存すると、時間の経過で溶ける。作り置きが大半の現場で、これはかなりの難点だ。やり方次第なのかもしれないけれど、今回はパスすることにした。研究している時間はないからね。

自ずと残った三品に決まりだ。そして、お茶はちゃんと沸かした麦茶に人気が集まった。何しろ香ばしい上に、薬缶《やかん》ごと普通の水で冷やせるので、調理や配膳を手伝うメンバーからも好評だった。

あとは、テーブルに置くメニュー表をどうするかだけど、パソコンで簡単にできるらしいので、自分達で工夫することになった。これも、諒平のお母さんがＰＴＡの役割で経験があったので、知恵を借りた。

何人分を目標に素材を揃えるか、型や器をどうするかなど、具体的な項目について、実行委員と話し合った後、僕達はそのまま僕の家に帰宅した。

二人は持参したノートパソコンで、あれこれやりとりしながらメニュー表を作成していた。最近は無料のイラストが簡単に入手可能なので、フォントやイラストの配置をデザインするだけで、それなりのモノができてしまう。カラーはお金がかかるのでモノクロだけど、見栄えは工夫次第だ。

キワさんがいれば、『便利な世の中になったもんだ』と感激しそうだけど、さすがに昨日の今日なので姿はない。

僕はというと、デスクトップに向かって、ちょっと大家さんのお仕事。メールで住人からの苦情や問い合わせを確認して、必要に応じて仲介の不動産屋の担当さんや葉ーさんに相談してから対応策を練る、という日常的な業務を熟《こな》した。

その際、メールフォルダーの中に、神門刑事からの通信があることに気が付いた。既に交換しておいたスマホにパソコンのメアドを送っておいたので、早速使ってくれたようだ。

「あのさ、神門刑事さんからメールが来てるんだ。この間、資料は持ち帰っちゃっただろ？　だから、更に絞った分を添付してくれたんだ。量が多そうだし紙の方が検討する時チェック入れやすいだろ。プリントアウトすっから、後で一緒に見ようよ」

「ええ、こちらもおよそのデザインが決まったので、時間は大丈夫ですよ」

「そっちを出す前にこっちの見本を印刷させてくれよ」

「いいよ」

「プリンターの品番、これ？」

「あー、そうだね」

綽名の通り阿吽の呼吸で、僕達の作業はすいすい進む。

資料の読み込みに集中するために、夕食は作らずに出前を取ることにし、近所のお蕎麦屋さんに注文した。盛り蕎麦とお稲荷さんのセットなので、足りないかもしれない。だけど、資料はＡ４紙で三十枚くらいあるので、食べながら、が前提だから仕方ない。

印刷中にお蕎麦は届いたけれど、仕分けを優先したくて、お預け。用紙が足りてほっとする間もなく、昴と諒平が、エリアと年代を確認してテーブルの上に分類して広げた。それからやっと、お蕎麦を足元に置いて、行儀悪く啜りながら相談した。

「〈嘆く看護婦〉が一番古そうだって言ってたよな？　やっぱ、これっぽくね？」

「どれどれ、昭和の、ああ、戦中ですね。十目井病院の関係者に呼び出された後、行方が分からなくなっている、十四歳の女性で看護婦を目指していた……思ったより年若いようですが、確かにそれらしいです」

「あ、学校の集合写真があるわ。割と美人だな。どう？　笙、何か感じる？」

「いや、さすがに写真では、僕は無理」

「この女性を知る人の証言をもう少し見てみましょう。髪型とか特徴があるかもです」

「うんと、おかっぱ？　の女学生。あの頃って、若い女子は、みんなおかっぱとかいう髪型っぽくね？　小学生っぽいなー」

「あー、この女学校の集合写真、みんな同じような髪型ですね。こっちがおかっぱですね。あとは三つ編みでしょうか」

「うーん、一人一人は小さすぎて区別がつかないよ。それなりに美人というだけでも相当いそうだもんな。ほかに何か特徴は？」

「あ、女優の原せつ子似の美人だったとあります」

「待ってググる。これが、原せつ子っと。写真と比べて」

「やっぱりこの女性、似てませんか？」

「あ、こちらの報告書に『野毛小町と呼ばれる美形のため暴行目的の誘拐が疑われたが、痕跡を発見できず』ってあるよ」

「だとしたら、呼び出した奴が一番怪しいんじゃね？　どこに呼び出したんだろ？」

「病院の関係者と曖昧な表現になっているのは、偉い人かその子弟かで、捜査できなかったんじゃないかな？」

「大いにありそうですね。実行犯を隠匿されたキワさんの前例もありますものね」

「十目井病院の家系図みたいなのがあるといいな。当時、相当する人とその後みたいなのが分かれば結構調査は進みそうだな。たださ、戦中だから兵隊にとられた人だと、家系に関係なく不問に付された可能性もあるんじゃないか？」

「確かに。それでも、家系中心に、大人の皆さんから情報を収集しましょう。記憶も繋ぎ合わせれば、それなりの量になると思いますし、それこそ葉山弁護士ならそういう家系図に接触可能かもしれませんし」

「じゃ、それは後で僕が大人二人に知らせとくよ」

「そうしろ、そうしろ」

「では、とりあえず、次に行きましょう。〈捜す女〉ですよね」

「赤ちゃんを院内で捜しているんだから、周辺で起きた誘拐というよりも、病院内で起きたことに絞ってみた方がマジで早くね？」

「確かに、一理あるな」

「赤ちゃんといっても、病院なら産んですぐでしょうかね。その場合は新生児かな？　でも、どちらかの体調不良で一緒に入院していたなら、乳幼児かもしれないですね」

「あぁ、赤ちゃんってさ、お母さんが表現するのって、何歳くらいまでなんだろ？」

「お母さんにとってだと、年齢幅が大きくなってしまいそうですね。今回は、余裕を持って、自分の意志で親から離れそうにもない二、三歳児くらいまでとしておきましょう。んー行方知れずで生死不明なのか、亡くなっているのなら、病死と事故死とどちらなのか、条件を絞るべきでしょうか」

「んー、絞んなくてもよくね？　それよりも不審な、とつけようぜ。そしたら、誘拐とか行方不明とかも網羅できるかも」

「妙案！　ええと、時期はどうします？」

「一番古いのが戦中だったろ？　なら、とりあえずそれ以降でよくね？」

「赤ちゃん絡みはそう多くなさそうなので、そうしましょう」

三人とも暫く黙って資料を読んでいたが、昴が該当する事例を見つけたようだ。

「平成十年代のこれはどう？　検査入院中の赤ちゃんが、院内で行方不明になったみたいです。いろんなことが疑われたけど、誘拐犯からの連絡もなくご遺体もなくて、結局事件として扱えなかったみたいですよ」

「うわっ、ノイローゼ気味のお母さんが殺して捨てたのではと疑われたって。マジか」

「でも、それも根拠が薄弱ってありますよ。その上、疑われたせいで、後日、お母さんは『赤ちゃんを返してください』って遺言して、自殺してます」

「ひでぇな……」

「全く……心残りなわけだよ」

「五番目はこれで間違いないでしょうか？」

「ほかにも候補を残しておく？」

「いや、捜している感じが状況と符号するから、この資料を持っていって、実際に会ってみるよ。キワさんがいればより詳しいことも分かるだろうし」

「キワさん、来てくれますかね？」

「少し気まずいだけだとみた！　きっと笙が頼んだら来るよ」

「うん。そう思う」

「なら、〈電話する女〉も当たりをつけようぜ」

「電話の先を辿ってても分からなかったんですよね。せめてどこからかけていて、何を言っているのかが分かれば、特定は簡単になるんでしょうけど」

「でもさ、とりあえず病院内での、自殺とかの死亡事例に絞った方がよくね？」

「確かに今までは病院絡みだな。ひとまずその方向で探そう」

「病院内の死亡事例に絞ると、両手に余るくらいになりますよ」

「その中で不審な、と形容できるのはある？」

「おい、これどう？　割と新しいけど」

諒平の手元を昴が覗き込んで唸った。

「あ、これは正《まさ》しく……」

二人の正面に座す僕は、もどかしく尋ねた。

「どんな？」

「うん、病院の非常階段での転落死なんだけどさ。事故か事件か不明のままだな。そもそもなぜ非常階段にいたのか分からなかったみたい。『非常階段に出る扉は、火災時などにしか開かない構造になっていて、普段は院内の鍵を所有する人しか開けられないのに、どうやって出たものか』だってさ」

「それは、院内の人間が手引きしたとしか思えませんね」

「なんかさ、笙の両親のことや小安美里のことを聞いたせいで、何もかも例のアキトとかいう奴のせいなんじゃないかという気がしてきた。わざわざ漢字に変換して呼んでやる必要を感じない下劣さだしっ」

「確かに。アキト……で十分です。私も漢字で呼びたくない気分ですから。そのアキトの行動が寝た子を起こしたのかも。時間の経過で、大挙して霊が出てきたりして……」

さもありなんと頷き合った僕達は、一人の悪党の殺伐とした人生が、一体どれだけの人を不幸に陥れたのかと思い、気分が沈んだ。それにしても、幽霊が見えるとはいっても、七不思議を解決するために活動することになるとは、見鬼の才を隠していたことが遠い過去のようで、人生の不思議を思わずにはいられない。

学校での活動を除いても、やたら忙しいスケジュールを抱えることになった僕達だけど、昴と諒平は、僕の精神的ダメージを慮《おもんぱか》って、慰労する企画を立ててくれた。

折悪しく、文化祭までの日数が少なくなったからと、実行委員の野田君からの一斉通知で、二十日木曜日に全員集合の連絡を受けた。だけど、親友達の言をもってすれば、『優先させるのは、筐の心身の健康』だそうだ。

飛び石的にだけど、これまでずっと真面目に協力してきたのだから、一日くらい休養をもらってもいいじゃないかという話になった。

そう伝えるべく、野田君に直接電話をかけた時の返答が、不安要素満載だ。何しろやけに物分かりよく許可が出た。けど、今は棚上げにしておくべきかな？　曰く、

「俺にはふふふの腹案があると言っただろ？　別のところで協力してもらうから、今回は免除してやる」

イヤーな予感がしないでもないけれど、今はスルーして、昴と諒平のありがたい申し出に乗ることにした。

どちらも東京の下町にあるというので、昴の実家〈イタ飯処Gustoso《グストーゾ》〉でランチを

堪能してから、諒平の実のお父さんの実家である〈江戸《えど》指物《さしもの》　鎹《かすがい》　工房《こうぼう》〉を訪問することにしたのだ。

　文化祭の準備の手伝いと七不思議の下調べで、これでもかという忙しい時間を過ごしている合間を縫って、僕達は末広町駅で待ち合わせた。もちろん、諒平とは田園都市線の二子玉川で合流した。それから、表参道で銀座線に乗り換え、末広町の改札で待ってくれていた昴と落ち合った。

「地下鉄があるから、意外とこっちから学校って行きやすいのな。いいなー電車通学中に落ちる恋って憧れちゃうぜぇ」

「そうですか？　そのようにはなちゃんに伝えておきますね」

「うひゃう、勘弁して。ボク達チャリ通仲間だもん。ねぇ、笙」

　諒平の言葉を軽くいなすと、昴に聞いた。

「まぁね。昴って、青山一丁目からは学校まではちょっと歩くかもだけど、もしか銀座線一本で来てる？　一緒に帰宅したことがないから、考えたこともなかったけど」

「ええ、日比谷線の駅の方が学校には近いですが、乗り換えが面倒なので、銀座線を使ってます。家から末広町までは、歩いても十分とかかりませんからね」

「こうして地下鉄路線図を見ると、都内ってすごく交通の便がいいんだなぁ」

「東京の東と西が近く見えますよね」

「東側って来たことなかったよ。末広町って、なんかお洒落な街って感じがするなぁ。あ、今の漢字な。片仮名の雰囲気じゃねぇもん」

「あ、分かる。ほんと素敵な街だね」

「別に私が作ったわけじゃないですけど、よくぞ言ってくれた。ふふふん、ありがとう」

「「つもりかっ」」

　生まれて初めて訪れた場所の雰囲気もあるんだろう。僕の気持ちはふわりと明るくなっていた。病院内で飛び回っているキワさんは、今回一緒じゃないので、プチ知識や感想を言い合えないのは残念だな。次の機会があるなら、絶対誘おう。

　冗談を飛ばし合いながら少し歩くと、下町情緒たっぷりのエリアに突入した。古い家並みも残っていたりして、ちょっと昭和に迷い込んだような錯覚を覚えた。小さな店が箱庭のように並んだ一角、赤いサンルーフが張り出したお店の前で、昴が足を止めた。

「あ、お待たせしました。ここです」

「なんか想像と違うぅ。勝手に、居酒屋っぽい店構えを想像してたけど、予想以上にイタリアンレストランだぞぉ～」

体を上向きに傾けて建物を見上げながら、諒平が感嘆の声を上げた。僕も同意見だ。

「街の雰囲気に合っているし、すごく素敵な店構えだね」

「ふふっ、直接言ってください。両親が喜びます。それと、母とは、初めてでしょ？ものすごく楽しみにしていたので、しょっぱなからテンション高めなのを、覚悟しておいてくださいね」

「「ぷふっ」」

僕と諒平が見合って笑っていると、店の扉がドアベルを鳴らしながら開いて、コック姿のお父さんと、エプロンをつけたお母さんの二人が出て来た。背の高さが同じくらいで、ふっくらしている感じが、昴と親子という印象を強くしている。

「「ようこそリストランテGustosoへ」」

二人揃って店内へ誘うように手を広げた。ものすごく似た者夫婦だと思っていると、昴が突っ込みを入れた。

「全く、もう。二人してテンションが変だよ。リストランテというほど高級店じゃないでしょ？　イタ飯処でいいんですって」

あまりにも身も蓋もない突っ込みに、ご両親はちょっとがっかりしている。すかさず諒平がフォローする。

「ボク達にとっては十分高級な店構えだよ。な、笙」

「ほんとに。僕はこんなお店で食事をしたことなんてないよ。ファミレスすらないもんな。昴、ありがとな。そして、お二人とも歓迎してくださってありがとうございます」

あ、しまった。大家さん的な台詞が出ちゃったと焦っていると、お母さんがきゃぴっと女子になっていた。

「きゃあああ、なんて大人なのお。すうちゃん、こちらはあ？」

昴が、思いっきりしかめっ面で返事をする。すうちゃんと呼ばれている姿も、何だか新鮮だ。諒平が口角を上げて一言言いたそうにしている。

「佐藤笙太君。一人暮らしだから、とってもしっかりしてるの！」

「あ、『すうちゃん』、ボクは自己紹介で」

「諒平は絶対そう言うと思ってましたっ！　だから、すうちゃんて呼ぶなって言っておいたのにぃ。仕方ない、自分でどうぞ」

口を尖らせながら、諒平に紹介を譲った。

「あ、ボクはバレー部の唐沢諒平です。クラスでは人呼んで阿像の方です」

「ああ、阿吽君達って呼ばれてるのよねえ。ほんと、二人とも背が高くて格好いいわあ。モデルさんみたいよお。あら、すうちゃん、ごめんね。すうちゃんは、丸っとしていて愛嬌があっていいのよお」

完全に昴の次の言葉を読んでいるお母さんは、昴の一枚上手のようだ。僕達のことを的確に判断する頭の回転は、お母さん譲りなのかもしれないな。それにしても、この調子で、お父さんの方も尻に敷かれている姿が想像できて、思い切り楽しい気分になっていた。

店内に入ると、橙色の室内灯が温かい家庭を思わせて、いい雰囲気だ。

「今日は定休日だから、貸し切りよお。お料理を並べたら、私達も一緒に食事をするつもりなのお」

あんまり嬉しそうに話してくれるので、定休日にエプロンをしてもらって申し訳ないと思いかけたけど、止めた。こういう時は、キワさんなら『一緒に楽しめばいいんだよ』って言うに違いないもの。

「ごちになりまぁす」

諒平も同じ気持ちだったらしく、同時に声を出した。姫さんがいたら、「またピッタリね」と言われそうだが、発想が似てるんだから当然だよ。

「うぉぉ、既に料理が並んでるぜぇ。うっまそう！」

「彩りも綺麗だなぁ。さすが、プロのお仕事って感じがする」

それぞれ感想を言いながら、昴が指し示す椅子に腰かけた。テーブルには、格子柄の赤いクロスが緑のクロスに重ね掛けされていて、イタリアっぽい雰囲気だ。カトラリーは、小さい籠に人数分入れられていて、堅苦しくないのがいい。コロンとしたガラスコップは、江戸切子だろうか、紅い表面に斜めのカットが入っていて、光を弾いている。

「ああ、いいなぁ。近所にあったら通っちゃう感じだぁ」

「うん、ほんと。感じのいいお店ってこうだよね。絶対お気に入りになるよ」

「うふん、お店の雰囲気を気に入ってくれて嬉しいけど、本命は料理よお」

と言いつつ、おばさんはででんと大皿のスパゲティをテーブルの真ん中に置いた。

「おい、スープが先だぞ」

「あらあ、今日はいいじゃないのお」

「ん？　そうだな。畏まらんでいいか」

料理を並び終えると、コック服やエプロンを外して、ご両親も席についた。

「君達はまだ未成年だから、オランジュの搾ったのね。私達はワインで失礼するよ」

「酔っ払って絡んだら、ごめんねえ」

「お願い。これ以上醜態をさらさないでよぉ」

昴が両手で顔を隠して、恥ずかしがってる。

「これ、すうちゃん。醜態とは何よ。お母さんは素敵なお友達ができて、嬉しいんだからっ」

「『すうちゃん』、気にするな。家も似たようなもんだった。初めて笙が来た時、前日の両親が見苦しいなんてもんじゃなかったんだ。マジで」

つい僕は口を挟んだ。

「えっ、あの落ち着いたお二人が？」

「そ、当人を目の前にしては大人ぶってたけど、結構そわそわウロウロ。母さんなんて、茶碗を割るわ、リンゴを落とすわ。父さんは、テレビのチャンネル換えまくりでさっ。見るに堪えなくてさっさと自室に籠《こも》ったよ」

「うーん、どっちも想像つかなかったけど、ものすごく歓迎されていたのだけは、しみじみと感じるなぁ」

「そうそう、歓迎の証なのよお」

「まあいいじゃないか。ともかく乾杯しよう」

「はいはい、グラス持って持って。さささっと立つっ！」

「ええっ、立つの？」

「「立とう立とう」」

「出逢いと今後の友情に、　乾杯！」

「「「カンパーイ」」」

「うまそっ、食うぞぉ」

「僕も。もう待てない〜」

「ええっ、筐まで欠食児童ですかっ」

「はいはい、よそうから待ってえ」

器や小皿が回ってくると、待ったなしで僕達の腹に直行していく料理の数々に、ご両親がそれは嬉しそうに見ている。遠慮という言葉は、いつしか消えてなくなっていた。

食べて喋って、ひとしきり満たされると、もう結構いい時間だ。次の予定を考えると、そろそろお暇《いとま》すべきだろう。と言っても、なかなかに去り難い。

「なんかさぁ。質的にお腹が満たされた感じがするなぁ。諒平は？」

「うんうん、満足感が半端ねぇな」

昴の両親が嬉しそうに顔を見合わせている。

「いやぁ、作り甲斐があるなあ」

「ほんとにね、お店やっている人間にとって、嬉しい瞬間よねえ。すうちゃん、何にも感想言ってくれないんだもの」

「ちゃんと美味しいですって言ってますよ」

「反応が優等生的でつまんないの」

「つ、つまんないって」

不本意だとふくれっ面の昴を、お父さんが肩を叩きながら慰めた。

「家族のお前はともかく、お客さんの率直な感想って嬉しいものなんだよ」

「それにしても、もう行っちゃうの？」

「はい、今日は次の予定もあるので、昴も借りますが、これで失礼します」

「次は泊まりがけで食べに来るってどうです？　ボクとしてはマジの提案だけど……」

「あははは、それぞイタリア人の飯っ。ぜひそうしてほしいな」

「すうちゃん、ちゃんと企画してよね」

「分かってますって。はぁ、私の友達なのに」

わざとらしく溜め息をつく昴を横に、何だか賑やかしいやりとりを暫くして、僕達はお暇した。

さて、次は浅草まで出て、諒平の実のお父さんの実家〈江戸指物鉄工房〉を訪問する予定だ。

「前は父さんの車で来たから、駅からは地図アプリ頼りなんだよなぁ。えーと、こっちの道を右に入って、それから……」

「頼りない道案内ですねぇ」

「あ、あっち側、工房っぽいのが並んでね？」

「もう！　並びじゃないかもしれないから、ちゃんとマップに従えよ」

結構大声でぎゃーぎゃーやりとりをしていたら、三軒くらい先の工房からお年寄り夫婦が、ゆっくり出てきて手を振った。

「おーい、諒平、こっち。何軒も先から丸聞こえだぞ」

「諒平ちゃん、こっちこっち」

「あ、じーちゃんとばーちゃんだ」

言うなり駆け寄るあたりが諒平らしい。昴とニヤリと見合って、僕達も足早に店の前に立ち寄った。

「あ、電話で話した通り、こいつらがボクの親友。ちっこいのが、田中昴で、でっかいのが佐藤笙太」

「ちっこい方の田中昴です。今日はよろしくお願いします」

「でっかいって、お前と同じだよ。佐藤笙太です。お世話になります」

二人が同時に言って頭を下げると、楽しそうにお祖母さんが笑った。

「うふふっ、仲良しなのねー」

うっすら微笑みを浮かべて、お祖父さんが寡黙に促した。

「ん、まあ入れ」

「「はーい」」

開け放してくれた引き戸を潜ると、木の香りが濃く漂って、工房らしい雰囲気が強くなった。

「江戸指物って、木工細工ですよね？」

「今の若い人はあまり馴染みがないかい？」

「多分、僕の祖父が使っていた小物用の整理箪笥は、そういうものだと思うのですが、僕には判別できなくて。スマホに写真があるので見てもらってもいいですか？」

「どれ、見せてごらん」

丸い小さな眼鏡を鼻に載せると、スマホを手に取って後ろに反るように眇《すが》めた。

「ほお、こりゃあいいもんだ。明治くらいの作だろうな」

「へぇ、戦火を潜ったんだなぁ。木工なのに」

「んー、僕ん家の辺りは戦火が及ばなかったみたいで、結構古い家や家具が残ったみたいだよ」

「多分、昭和の後期に都市開発されたエリアだからじゃないでしょうか？」

僕達の話をうんうん頷いて聞いていたお祖父さんが、スマホを僕に返しながら言った。

「大切にしなさい。きっとまだまだもつだろうから。壊れたらわしが直そう」

「それはありがたい申し出です。以前修理を頼んでいた方がお亡くなりになって、どうしようかと悩んでいたんです。木の細工物は形見なので捨てる気にはなれないし、これだけじゃないので、助かります」

「お父さん、お仕事の話はその辺で。お茶にしましょう。年寄りの用意するものだから、緑茶に和菓子だけど」

「あ、私達和菓子大好きですよ。今度、高校の文化祭で和風のお菓子を作る係なんです」

「あらまあ、それは素敵ねえ。何を作るの？」

「寒天を使ったお菓子が二種類と、餡子バタートーストです。タブレットに写真があるので見てください。これです」

「あらま、今風なのねえ。美味しそうね。食べてみたかったわ」

「次来る時に持ってくるようにするよ。ただし！　文化祭で成功したらっ」

「なんだ、旨くないのか？」

「ボクらは旨いと思ってるけど、客がどうかは分かんねーもん」

「万人受けすると思うから、絶対次には持っていけよ。自分で作れそうにないなら、おばさんに手伝ってもらってもいいじゃん」

「それもそだなぁ。う〜ん」

「諒平は、めんどくさいだけでしょう？」

「うっ、昴、どうして分かった？」

「分かりますよ。まったく」

足の悪そうなお祖母さんなので、文化祭に誘うのは気が引けた。だから、そんな展開になったのだろうけど、僕までが本当に作ってあげたい気持ちになっていた。僕達が一緒に招かれることは、きっともうないだろうから、口にはしないけど。

「今日はな、お喋りしながら、小さい木箱を作ろうかと思ってな。材料を揃えておいた」

「みんな夕食、食べていってくれるでしょ？　用意できるまで、お祖父さんが先生やるって。どうかしら？」

「イマイチ才能がないかもっ」

「手作りですね。挑戦し甲斐がありますっ」

「僕もあんまり器用じゃないけど、やってみたいです」

「そう気負わんでもいい。簡単なもんだから。こっちがわしの作った見本で、こっちが素材。それぞれ自分の分を取って」

丁寧にささくれが擦《こす》られてぴかぴかした木片を数枚ずつ、三つの山にしてくれている。図画工作かあるいは技術家庭か、といった雰囲気だけど、さすが仕事に抜かりがない感じは職人さんならではだ。

「ほんとはね、お祖父さん、口下手だから、間が持たないかと心配してね。何しろ高校生の男の子達と話すのなんて、久しぶりもいいところだもの」

「ううむ。小学生とならば近所の学校で、昔遊びや図画の授業で喋っとるわい」

照れ臭そうに頭を掻きながら、お祖父さんが言い訳するのは何だか微笑ましい。

「はいはい、お邪魔虫は退散しますよ。後でご飯食べながら、おばあさんともお喋りして頂戴ね。私だって、小学校でお裁縫や昔遊びを教えてるのよ。小学生はかわいいもの。でも、高校生は久しぶりだから、ワクワクしてるのよ」

「お弟子さんはいらっしゃらないんですか？」

昴が、ふと思ったままのごとく口にした。

「そうさな、何人かはいた。みな独立していったな」

「跡取りはどうされるのですか？」

事情を知っているのに、昴ってば何を聞くんだか。一人息子を事故で失って、孫である諒平も、苗字の異なる現在の両親の手前、勝手に跡取り扱いはできないはず。ぎょっとしていると、お祖父さんは気を悪くした様子もなく雄介になった。

「家は代々、血筋で跡取りを決めてこなくてな。わしもばあさんも元々はこの家のもんじゃない。腕を買われたんじゃ」

「やはりそうですか。先ほど拝ませていただいた仏壇に、苗字の異なるお写真がいくつもあったので、そうかもしれないなと」

「ほお、よく気が付いたな」

「いえ、たまたまです。工房の名前もお祖父さんの苗字に関連してないし。確か小倉姓ですよね。なのに、鋑って工具の名称が、工房名についてるでしょ。元の家系の苗字だったんじゃないかと思って。春日井という苗字なら、聞いたことがありますもの」

「ほほう、よく分かったな」

「え、マジ？　おま、すごっ。探偵になれんじゃね？」

「僕のイメージに過ぎませんが、昔ながらの職人さんの家系って血筋と密接だと思ってました。違うんですね」

「何代も前の当主が、それを悪習だとして、止めたんじゃ。ま、実際は長子がひどい腕だったらしい。しかも頼みの次子は早々に火消しの家にもらわれていて、どうにもならなかっただけじゃ。その上、一人娘も早逝して婿取りもならずでな。で、弟子の中から、名跡を継ぐ者を決めることにしたということった。それ以来らしい」

丁度、お茶を入れなおしに来ていたお祖母さんが付け加えた。

「ただねえ、ここ数十年、お弟子さんの数が激減したし、細工物も値は上がるし、需要はないしで、工房経営は頭打ちでねえ」

「もう弟子もとらんようになったし、まして跡取りは、考えるのも止めたんじゃ」

「素晴らしい細工物を見ると、もったいないとつい思ってしまいますが、そういう事情はどこの職人さんも抱えておいでですよね」

「下町の灯はいずれ消えるかもしれんな」

「そんな……」

「かといって、ボクが跡を継ぐのは実際問題、無理だな。明らかにこういう作業は向いてないよ。だって、三人の中で一番雑っ。これ見てよ」

　残念すぎる木箱の出来具合に、僕達は思いっきり溜め息をついた。といっても、僕達の木箱も五十歩百歩で無残やなぁと思ってしまう仕上がり。当然、弟子の話で手を挙げるわけもなく、何となく沈黙が下りた。

「わははは、おいおい、弟子になってほしくてこれを作らせたわけじゃないぞ。そりゃ、目を見張るほど器用なのがいたら誘ったかもしれんが、まあわしの仕事を知ってほしかっただけだから、あんまり気にせんでよろしい。それ、それなりに仕上げるには、ちょいとわしが手を加えれば済むからな」

　そう言うなり、小さな木槌を取り出して、トントンこんこんと僕達の不細工な木箱の形を整え始めた。

「わあ、すごい、職人さんの手って神がかってます！　何だか真っ当な作品になってきましたよ。ほらっ」

「ほんとだ、それなりに見えるっ」

「うっ、マジ？　ボクのだけじーちゃんの手にかかっても、何か歪んでない？」

「んん、諒平のは叩いたくらいじゃダメか？　ちょっと作り直しておこう。持って帰ってもらいたいからな」

「あらあら、仕上がったかしら？　こちらの準備も整ってますよ」

お祖母さんが、居間のふすまを引くと、いい匂いが漂ってきた。

「おおっ、今度は純和食っ！　らぶ天ぷら！」

「匂いでもう腹が減ってきたぞ」

「なんと、贅沢にもお寿司がありますっ」

「近所のお寿司屋さん。創平の、あ、諒平のお父さんの同級生が跡を継いでね。孫と友達が遊びに来るって言ったら、格安で提供してくれたのよ。最近評判のお店になったから、味は太鼓判を押しますよ」

「お喋りめ。あちこちで喋りおって……」

文句を言いながらも、諒平の作った木箱を一旦崩し、ささっと作り直したお祖父さんが、何にも言わずに上座に座った。お祖母さんが下座にいるので、僕と昴、諒平に分かれて座卓についた。お祖父さんが胡坐《あぐら》をかいているので、遠慮なく僕達も胡坐をかいた。

「そうじゃな。んー、諒平と、おや、待てよ。名前、まだ聞いとらんかったか？　まあええわ。お前達の友情を祝って、乾杯」

意外にお茶目なお祖父さんだ。名前もまだ覚えてないのに、以前から知った者のように接してくれていた。何だかそれだけで嬉しくなってしまった僕は、思いっきりグラスを掲げて諒平と乾杯した。昴が「届かない」と目で合図している。慌てて下げて、諒平以外の皆ともグラスをカチンと合わせた。

ここへ来る直前、「笙の霊が見える力については、祖父母に知らせてあるよ」と、諒平からさらっと言われていた。一学期の終わりごろ、実のお父さんの霊が諒平の肩に乗っていることを、諒平とご両親に伝えた経緯《いきさつ》があった。そして、諒平が実の親について知ったことを祖父母さん達に説明する成り行きで、僕についても触れたのだそうだ。

だから、来る前、本当は少し身構えていた。色眼鏡で見られるとか、気持ち悪い物を見るような目で見られるとか。過去に厭な気持ちになった経験値がそうさせていたのだけど、お二人からはそういうのが微塵も感じられなくて、心から気楽に過ごせている。

そういえばキワさんが言っていた。昔ながらの建築や建造、細工物などの職人さん達には、そういう現象が自然に息づいていて、自分自身に幽霊が見える才がなくとも、師匠や弟子の間では密やかに囁かれているもんだと。幽霊話の一つや二つ、身近にあったのかもしれない。それで、受け入れることに抵抗がないのかもしれない。

理由はどうあれ、僕はとてもありがたい気持ちでいっぱいだった。

おかげで、過去の多くの事実と向き合って、ともすれば鬱々とした気持ちに陥りがちだった僕は、昴と諒平の目論見通り、未来に目を向けようという意識に変わっていた。

第四章　幽霊に尽きはなし

三人の高校生が、友情を深め合って、あちこち訪問している間、実はこっそり黙って見聞きしていたおいらは、はっと気付くことがあった。それで、笙ちゃんの帰宅をうずうずしながら待った。

――笙ちゃん、聞いて聞いて。おいら人生最大のグッドアイデアを思いついちゃったかもしれないよ――

夕方になってから、受けた衝撃を和らげようと実家や祖父母の家に案内してくれた親友達と別れを告げた笙ちゃんが、家の玄関扉を開けると、待ちきれなかったようにおいらは耳元に飛びついて喋りかけた。

「ちょっと待って」と部屋に戻って、持たせてもらったお土産の類を片づけ、普段着に着替えながら笙ちゃんは繰り返した。

「世紀の？　発見？」

――茶化しなさんなって。ほら、諒平君がさ、実のお父さんの実家に案内してくれた時にさ、祖父ちゃん祖母ちゃんがあれこれ話してくれたでしょ？――

「んんっ？　実は来てたの？　しかも内緒？　まさか最初からいたとか？」

――あー、そこんとこは、こだわんないでちょうだいよお。おいらだって二人の関係者は知りたいんでい――

「心配性かっ？　物見高いだけかっ？」

――だって、あの二人の親族ってどんな人達か興味が湧く……っ、そうじゃなくってさ。もう、黙って聞いてよ――

「あ、ごめんごめん、だってさ、さっきまですごくテンポよく三人で喋ってたから、ついそんな感じになっちゃったよ。黙って聞くから。それで何が気になったの？」

――うん、ほら、諒平君の祖父母ちゃん達からさ、家業とか現況とかいろいろな話があったでしょ？――

「ああ、小学校の昔遊びとかの指導員をボランティアでやってるとか、お二人は血筋じゃなくて家を継いだって件《くだり》かな？」

――おいらが思うにだよ、もう弟子はとらないって言ってたけど、本音は違うんじゃないかなあ――

「うん、僕達に仕上げをやって見せてくれたのは、自分の仕事に誇りを持っているからだよね。希望者がいれば、教えるのはやぶさかではない雰囲気だったかな」

――それに、二人とも子どもに教えるのは楽しいみたいだし――

「うん、子ども好きなのかな？　それが言いたいの？」

今一つ話の見えない笙ちゃんは、何だか記憶のおさらいをしているような妙な気分になったらしく、しかめっ面で確かめた。

「キワさん？　話のポイントはどこ？」

――こういう波長はたまに笙ちゃんと合わないよね〜。本当に分からない？　まあいいか……以前、葉山と姫とさ、美里ちゃんのことで話した時に、「僕はすることがない」とかって嘆いてたじゃん。だからさ、一働きしないかと思ってね――

「え？　ますますこんふゅーじょん？」

――もう、笙ちゃんのにぶちん――

「にぶちん？」

――鈍い子ってこと。ほんとに分かんないの？　まあ、しょうがないか。さっきまで友達と騒いでたんだもんな――

むっとして『悪いか！』という言葉を返そうとした口の形のまま、おいらの真面目な顔に、声に出すのは思い止まったようだ。

――あのさ、あの家で美里ちゃんを引き取ってもらえないかな。そういう選択肢をあちらに提示できないかな？　笙ちゃんが動いて段取りするとかできないかな？

――

「あー、それは盲点だったなー。なるほど、血筋が関係のない跡取り、ね。でもどうかな？　そもそも美里って手先は器用なの？」

――――　美里ちゃんってさ。お母さんの影響で、ピアノ弾けるでしょ？　基本、指先は器用なんじゃない？　――

「うーん、器用とピアノの間に因果関係はあるのかなぁ？　第一、お二人には諒平のお父さんしかお子さんはいなかったよね」

――　うん、そのはずだけど、それが何か障害になる？　――――

「なるかも。小さい子ならともかく、育てた経験のない高校生の女の子なんだよ。しかもとんでもない問題を抱えてるし」

――　それは確かに……でもさ　――

「待って、聞いて。すごく大事なことだから、秘密にしたままお願いするわけにもいかないと思うんだ。なら、事情は全部話すことになるでしょ？　全部って、お二人には荷が重すぎるんじゃないかなぁ」

――それは分からないよ。ただ、チャレンジもせずに諦めるのは厭だし、こういうのって不思議と人との繋がりって言うか、縁っていうか、絆でもって解決するしかない問題っていうか――

「何となく分かるけど……うーん、どうかなぁ？　ひとまず、あいつらにも相談してみたいかなぁ？」

――それは、そうだよ。彼らの協力が必要だし、ものすごく役に立つ連中なのは、今回のことでも立証済みだしね――

「確かに僕に関してのあいつらはそうだと思うけど。どうかなぁ、やっぱり非現実的という気がする」

――チャレンジする前からそう言ったら、何もできなくない？――

「だってさ、そもそも、たった一人の孫とやっと普通に会えるようになったばかりだっていうのに、その孫に何か頼まれたら、たとえ無理なことであっても、厭って言えないかもしれないし」

――うーん、無理強いはしたくないし、無理強いできるようなことでもないし

――

「そうなんだよ。子育てってさ、トータルに余裕がないと大変じゃないの？　時間もだけど、学校とか考えるとお金も必要だし」

――そりゃあ、考え始めたらきりがないよ。病気になったら医療費だってかかるし

「そうでなくても、女の子は衣装とか美容とかあれこれ要りそうだし。嫁入りとか未来のことも考えたら、ご高齢だから、何だか相談相手が違うような気が、すごくするけど……」

――それでもさ、何もしないでいるよりはましじゃん？――

「そだなー。いずれにしても、一度全員に話を共有してみないと。本人も含めて」

――そうしてよ、笙ちゃん。今回は、姫にも葉山と同時に笙ちゃんから連絡してちょ。発案者のおいらが言うと、テンション高めの説明になっちゃいそうだし、葉山には結局姫が説明しないといけないからさ――

口では無理難題に近い返事をしていたし、言われるまでもなく実際すごく違和感のある提案なのに、なぜかおいらの言葉に妙な現実味を抱いたらしい笙ちゃんは、すごく真剣な表情になって、どうするか考え始めた。

その様子をおいらはそっと横から窺った。

笙ちゃんの表情は、ちゃんと生きている。目が死んでいない。おいら絡みの事実を知り、両親の悲惨な最期を聞いて、良くない感情に支配されてもおかしくないのに、笙ちゃんは笙ちゃんのままでいる。そのことにおいらの鼻は幽霊なのにツンと痛んだ。

放置したら心に問題が起きていたかもしれないことを思えば、あの二人にはなんとお礼を言えばいいのかも分からない。まるで、タイミングを計ったように、笙ちゃんに二人の親友を遣わしてくれた何かに、おいらは感謝せずにはいられなかった。

第一節　生き先と逝き先

キワさんからの提案は、考えれば考えるほど、無理があるような気はしたけれど、確かに踏み出さなくては先には進めない。僕は、とりあえず、翌日になって、悩んだ末、葉ーさんと姫さんにメールを送信することにした。

先ずは大人の意見を聞くべきだよね。大人のキワさんからの提案ではあるけれど、十七で時が止まっているからなぁ。長らく大人の二人なら、別の見方をするかもしれないもの。これは妥当な判断だよな。

ところが意外にも、二人からは同じような簡潔な返信があった。要は『当たってみるべし』って、「大人もそう判断するんかい？」と、メールに一人突っ込みを入れながら、一方で妙に納得している僕も存在している。

そう、結局、彼女の抱えている問題って、どんな大人にとっても一筋縄でいくような話ではないんだよね。打ち明ける相手を選ぶ事情でもある。簡単に養子先が見つかるとは、全く思えない。だからこそ、可能性は小さくとも、勝手に消去すべきじゃないってことなんだと思う。

とはいえ、大人が首肯したからといって、いきなりあちらを訪問するのはおかしいので、とりあえず昴と諒平に相談して、その次に幽霊三人組に聞くのが順当だろうな。

そんなことで頭を悩ませているうちに、僕の中にあった両親の死に対する怒りや無念が、別の感情に置き換わり始めていた。

人の心を慰めるのは時間だけじゃない。何かの問題を解決しようと動くこともまたそうなのだろう。結局自分のためなのかと、第三者からは批判されるかもしれないけれど、結果的にそうなるだけなのだから許されていい、と思うのはワガママじゃないよね。


今日はもう八月二十一日金曜日。文化祭の準備は、衣装や大道具、小道具の製作が佳境に入っていて、担当者が踏ん張っている。今のところ、僕達の出番はないので、ぎりぎりに助っ人として声がかかるのを待っている状態だ。だから、家で用事を済ませることに専念できている。

それで、親友達にもキワさんの提案を伝えた。昴からは『興味深い意見です。チャレンジして悪いことはないと思います』、諒平からは『いいんじゃね？　家の両親にも相談してみるよ。他人事の話じゃなくなるし、場合によっては強力な助っ人になるかも』と、案外好感触な返信。

諒平のご両親からのも含めて意見が出揃ったら、土曜日、三人の幽霊にも話してみよう。それから、姫さんから義母ちゃんにも打診してくれるようお願いしておかないと。義母ちゃんは知る権利があるからね。

それにしても、美里の養子縁組先について、やっと話が動き始めたのは、すごくいいことだと思う。結果がどうあれ、アプローチは多い方がいいし、失敗は失敗で経験則にもなる。どうにか前に進んでいけそうだ。

だけど、例の昏い靄の件がまだ手つかずなのは、やっぱり大いに不安だ。美里の生きていく先もちゃんとしたいけど、ここにいる幽霊達の逝き先も見定めたい。どうにかしないと、病院にいる全幽霊が取り込まれる心配があるだけじゃない。きっと僕の両親の無念は晴れないし、気がかりがなくならないだろう。

ともかく、僕達が的を絞った七不思議のうち四件について解決するのが肝要だ。明日は土曜日だ。面会時間になったら美里の病室に集合だ。ともかく目の前の問題を一つ一つ熟していくしかない。ガンバろう。

八月二十二日土曜日、特別警備個室なので早めのお見舞いと称して入室できるのをいいことに、僕達は早朝に集合した。姫さんの免罪符もあることだし、義母ちゃんが来るのは、平日と決まっているし。

美里の病室に集まると、グループ分けで少しもめた。今日は、神門刑事にも協力を依頼しているので、幽霊が見える者とそうでない者を、どう組み合わせるのかが案外難しいからだ。意思疎通がスムーズじゃないといけないからね。

最も悩ましいのが、神門刑事と誰が組むのか。彼女は幽霊の声が聞こえない。折角幽霊を見つけても話せないのでは、事情を確認した後で解決策を相談するのが難しい。

見鬼組の僕、姫さん、神門刑事の三人と、どの幽霊と組むのが一番効率的なのか、難しいところだ。皆であーでもないこーでもないと意見を交換していると、花音がのんびりした口調で一言放った。

――幽霊の書いたメモってぇ、あんた達は読めるものなのぉ？　――

「え？　花音、それはどういう意味？」

――あのねぇ、ちょっと前にみぃちゃんを助けるために、笙のご両親と一緒にいた時にさぁ、笙のお父さんの方が、忘れないようにってメモを書いていたから。刑事さんさ、聞こえなくても読めないかなぁって……――

「へぇぇ、それは初耳」

「おい、笙。誰が何て？」

「ああ、花音がね、僕のお父さんが、いつもメモを書いているから、神門刑事が読めないものかなって」

すかさず神門刑事が食いついた。

「読む？　幽霊の書いたものを？　やったことはないけど、それは、試してみる価値がありそう。ぜひともお願い」

――なるほど、思いもよらなかったが、どうだろう？　じゃ、やってみるか。神門さん、どう？　読めますか？――

ロパクに見えるであろう父からの会話に、差し出されたメモ書きで見当をつけたらしい、神門刑事が目を細めながら返事をした。

「ええと、読めばいいのかな？　『私達と組みましょう』、ですね？」

――正解！　こりゃあ驚いた。こんな方法があるものなんだな――

茶目っ気たっぷりにウインクした父の姿が、何だか新鮮だ。その横では、母が花音ににこにこしながら喋りかけている。何とも言えず心が温まる不思議な光景だ。

――花音さん、お手柄ねえ――

――やだぁ、褒められちゃったぁ――

母と花音の、のどかなやりとりを目にしながら、じんわりと気持ちが凪いできた。

「父が、意思疎通の新しいやり方だと、驚いています」

僕が伝えると、神門刑事は残念そうに返答した。

「新しいやり方かあ……知らなかった。考えてもみなかったな。こんなことが可能なら、父も書くことさえできれば、もっと早い段階であれこれ事情が分かったのに……」

神門刑事の独り言に、残念そうにキワさんが返答した。

――あの警察官の霊には、残念だけどそこまでの力はなさそうだったよ。神門刑事は、笙ちゃんのご両親と組んで、彼の持っている情報を可能な限り引き出してもらっていいかな？　何となく多くの無念の鍵を握っているような気がするんだよね――

「あ、神門さん、残念だけどお父さんは、喋るのも書くのも得意な幽霊じゃないそうです。だから、神門さんは僕の両親の霊と組んで、お父さんの無念の原因を探ってください。女性の霊達に関係する事実が、何かしら出てくるかもしれないそうです」

がっかりした神門刑事の表情を目にしつつそこまで言って、唐突に思い出した。

「キワさん、この間、あの幽霊さんと一緒に倉庫みたいな部屋に入ってなかったっけ？何か分かったんじゃないの？」

――微妙……あちこちの箱を指し示してくれるんだけど、その理由は結局分からなかったんだよね。あんまり論理的な話ができる霊じゃないみたいでさ。ただ、保存箱の分類名に笙ちゃんのご両親とかおいらとか、人の名前が書いてあってさ――

「笙太君のご両親やあんたの名前が、保存箱には貼付《ちょうふ》してあるんだね。やっぱり。そんなことじゃないかと思ったよ。それで、内容はどうなのよ、キワ」

――何かあれこれ入っていそうではあるんだよ。いろんな気配が漂ってるからね。ただ、おいらじゃ、触って中を見られないからさ。それにね、おいらの目が確かなら、彼が指した箱の中には、七不思議と関係ありそうな名前もあったんだよね――

「あの倉庫には、ほかにも既に亡くなっていると思われる方の名入りの保存箱がたくさんあるみたいだけど、その内容がよく分からなかったんだって。できれば、お父さんから、どういう箱なのか、中身について何か知っているのか、詳細を聞いてもらえるとありがたいそうです」

「分かった。君のご両親の死の真相も分かるといいんだけど……父が各種の質問に答えられなかった場合だけど、刑事とはいえ令状があるわけじゃないから、私が倉庫に入るのは難しいと思う。まして箱の中身を調査するのはね……どうしたらいいものか？」

「それは、病院関係者である私が何か方法を考えるしかないね。鍵を入手するくらいは何とかなるでしょうからね。だけど、その前に幽霊捜しをして、人物を特定するのが先ね。時間がないから合理的に進めよう」

姫さんが口を挟むと、すかさずキワさんが申し出た。

――おいらは姫や葉山と組んで、この〈捜す女〉の霊を担当するよ。病院内での行方不明と自殺だから、分かる範囲で当時の記録とか必要だろうからね。大人組の対応が必要でしょ？――

「え？　じゃぁ、僕とこいつらは？」

――花音ちゃん達と協力して、〈電話する女〉の霊を捜してくれる？――

「ああ、そっちか。受話器に潜り込んでいたから、キワさんが続けるかと思ったよ。ところで、花音と一緒に捜すっていうけど、お前、この病室から出られるの？」

――あたしはそもそも押しかけだから、バッチリぃ。だけど、みぃちゃんとお母さんは無理かなぁ。この間、何とかキワさんの病室に意識を向けることはできたから、この辺の病室にかかってくる電話を監視して、私達に知らせるとかはイケルと思うよぉ――

「花音は、僕達に同行で、美里達はこの病室辺りの無言電話待ちということだね」

僕が口に出して言うと、昴がむっちりした腕を無理やり組んで思慮深く返答した。

「私達は、笙に同行ということでいいんでしょうか？　同じ所に一緒にいていいのかなぁ……できれば分担したいところですが」

「それっきゃないんじゃね？　見えないのに幽霊捜しとか、どんだけぇだしなぁ」

諒平の言葉に、難しい顔で同意しながら、昴は続けた。

「確かに、私達は、幽霊の姿はおろか声すら聞こえないし、幽霊のことを患者さんやスタッフさんに直接聞くわけにもいきませんし。本当に何をしていたらいいのでしょう」

「不審者とかでつまみ出されたら、元も子もねーもんなぁ」

「全くです……うーん、それなら、病室のある階に待機して、どの病室からであっても内線電話の音が聞こえたら、笙と花音さんに何かしら合図を送るというのはどうでしょうか。それぐらいしか思いつきません」

「えー、すげぇ、難しそう。結構広いじゃん」

――頑張れぇ、君達ぃ――

「花音が応援してくれているよ」

「うへぇ、やるっきゃないねぇ」

「諒平、お礼が先だって。花音さん、ありがとう。頑張ります」

「そうだなぁ。幸い病室階は三階分だから、三人は別行動にしようか。最上階はVIP室とか院長室とかだから、電話が鳴っても室内に入れないからね」

「ええ、それがよさそうですね」

「そして、各階には狭いながらも待合スペースがあるから、そこで待機して電話を待つしかないかなぁ。僕だって幽霊が見えて聞こえるってだけだから、電話してくる霊に、即座に反応できるわけじゃないもの」

「そだなぁ。んじゃ、スマホ必須ね」

「あ、私のタブレットをキワさんの病室に置いて、映像を繋げておきます。そうすれば、ここの分は、私のスマホでも情報を上げられます。美里さんの病室の分は、花音さん経由で美里さん母娘からの連絡が来るはずですから、結構網羅できますね」

「おぉ、昴ってば、なんか本格的じゃん。ボクは体力勝負だな。鳴ったら連絡して走るっ」

「走ってどうすんだよ？　どこ行くんだよ？」

「え？　お前んとこ」

「ばぁか、スマホで十分だよ。あ、それから、ナースステーションの親機みたいなのだと、どこの内線が鳴っているか見えるはずだから、花音はそこにいてね。それから、ナースコールの受信機と間違えないでね」

――んー、分かったぁ。みぃちゃんのことがあったから、ナースコールがどれかは知ってるよぉ。電話は姫さんに確認するね――

「姫さん、花音に電話の親機を教えてあげてください」

「ああ、了解。花音ちゃん、おいで」

――はぁい――

姫さんと出ていった花音が、少し先にあるナースステーションに入っていくのを見ていると、昴がふともらした。

「電話の幽霊さんは、今日一日では見つからないかもしれませんね」

「仕方ないじゃん。やれるだけやるってことだよ。今日が駄目なら明日もあるさ」

「そうだね……ところで、スマホの充電はもちそう？　僕らはこれで連絡を取り合うしかないからね」

結構しかめ面で会話していたせいか、葉ーさんが微笑みながら声をかけてくれた。

「あまり気負わずに、花音さんに協力しておくれ。手に負えないとか、協力が必要という場合は、花音さん経由ですぐキワに連絡してね。幽霊同士で連絡とると早いらしいよ」

戻って来ていた姫さんも付け加える。

「幽霊見つけたら、事情を確認して、できれば美里ちゃんの病室に連れてきてくれると、あとが楽だと思うよ」

そんなことで、とりあえず午前中で一区切りの約束をして解散し、それぞれの持ち場へと移動した。

　僕達は、午前中に二回ほどそれらしい電話に遭遇したけれど、追いきれず失敗に終わった。ただ、練習効果というか、何となくコツが掴めてきたので、午後にはうまくいくかもしれないと期待している。

　早かったのは、キワさんチームで、〈捜す女〉の目撃情報の多い病室の辺りで張っていたら、大当たりだったらしい。

　神門刑事チームは、〈見張る警官〉を例の倉庫前で見つけ、何とか意思疎通したけれど、やはり『中のモノを見せたい』という主張が一番で、細かい説明は難しいようだった。それで、午後から姫さんと、倉庫内にコッソリ入る算段をつけることになったようだ。

　お昼をはさむので、美里の病室でお弁当を食べることになった。なんと昴のお父さんが、病院の受付に届けてくれていたのだ。

「ひぇー、昴のとーちゃん、大奮発だな。三段重イタ飯弁当とかってすげぇ」

「今日普通に営業だろ？　大変だったんじゃないの？　お弁当なら、自分達で買えばいいのに、申し訳ないなぁ」

「詳しいことは教えてませんが、私が大勢の方々と関わっていることが嬉しいらしくて。今日はスタッフに仕込みを任せて、早朝から家で弁当作りをしていました」

「昴君、ありがたい親心じゃないの」

「はい、姫さん。今は素直にそう思えます」

「『すうちゃん』お手柄っ！」

「ふっ、今日は諒平にそう言われても、腹も立ちません」

「んだよ、つまんねーなぁ」

僕達が楽しくやりとりしている横で、既に箸をつけていた葉ーさんが言葉を発すると、場がシーンと静まり返った。

「うん、色合いがよくて、しかも旨いな。特にこの肉の塊は何かが何重にも巻いてあって、茶色い汁もいいねえ！」

「祐司！　あんたは『旨いです』とだけ言ってりゃいいからっ！」

前々から食レポに才能がないとは思っていたけれど、姫さんもそう思っていたらしい。僕だけが吹き出しそうになるのを我慢していると思っていたが、ふと周囲も揺れていることに気が付いた。生きてる者は皆、お腹の筋肉だけで笑っていた。鼻息も荒くひたすら弁当を見つめる僕達に、葉ーさんが情けない声で言った。

「反面教師ということにしておいて……」

「「「ぶーっ、ははは っ」」」

耐えきれずに大笑いになってしまった。

――葉山、大人の沽券に関わるよ。味の表現はやめとけ。寧ろ不味そうだわ。まあ、みんな楽しそうだから、いいけどさ――

姫さんの通訳を聞いて、もっとしょんぼりした葉ーさんを憎れたように見ているキワさん以外、そこにいた幽霊達にもさざめくように笑いが広がっていた。美里の生霊が笑っているのを見て、『生き先』が見つかるといいなと、心の底から思った。

第二節　肉の記憶、骨の記憶

午後になると、僕達のチームは午前の続きで、姫さんは神門刑事チームに合流という配置。キワさんは、とりあえず、〈捜す女〉から話を聞くべく、美里の病室に残っている。その後、一番古い〈嘆く看護婦〉の霊を捜しにいくらしい。夕方から夜にかけての目撃例が多いからだ。

僕達は、幸運なことに、午後の活動を始めてすぐに〈電話する女〉の霊に遭遇した。キワさんの病室に、ちょっと寄ってから合流すると言っていた母の霊から、電話が鳴っていると花音に連絡があったのだ。

まだ、特別警備病室の区画にいた僕達は、即座にキワさんの病室に取って返し、室内電話に駆け寄ると受話器を取った。長期入院のキワさんにわざわざ電話をかけてくるような酔狂な人間は僕達以外いるはずもないから、幽霊からの電話で決まりだ。受話器を取るなり僕は頼んだ。

「お電話している理由を教えていただきたい者です。すぐ、この病室に来ていただければ、僕達が話を聞きます。お願いしますっ」

急いで告げると、受話器から突然暴風のような音がした。慌てて耳を外すと、受話部分から女性の霊がぶわっと飛び出した。

――やっと聞こえる人がいたっ！――

栗色の髪をどこかで見たような髪型に整えた若い女性が、威勢よく言った。ちょっと気の強そうな和風美人だ。

「この病院の非常階段から飛び降りて亡くなった方ですよね」

――違う！　お前もかっ！　飛び降りたんじゃないってえの！――

唐突に女性の霊は怒りを露わにした。栗色の髪が黒みを帯びてざわざわと伸び始め、表情に険が表れ、病室内に不穏な空気が流れ始めた。

「すごく怒ってる」と僕が言うと、諒平が気の毒そうに言った。

「やっぱ、誰かに突き落とされたんじゃね？」

――なんだ、本当は分かってるじゃないの。その通りよ。アイツに呼ばれたのよ。空いてる病室にね――

「空き病室？　呼び出されたのは非常階段じゃないみたいだよ」

――別れ話だった――

「別れ話？　付き合ってたんですか？」

――病院長夫人になりたくないかって、口説かれて――

「病院長夫人を餌に口説かれたって」

「そういう期待をされていた男性だったということですか……」

――違うっ。嘘だった――

見るからに悔しそうに唇を噛む女性の幽霊は、更に続けた。

――どうにもならない病院の穀潰し。さんざん貢がされて。浅はかだったたっ――

「いっぱい貢がされたって。それなのに、急に別れ話？」

――飽きたって――

「飽きた？」

――酷い言い分でしょ？　責めたらアイツは病室から出て、非常扉の鍵を開けて逃げ出した。だから追いかけた。そして、階段の途中で追いついて、貢いだ分を返せって腕にしがみついたら、いきなり振り払われて重心がずれた。で、こうなった――

「それで非常階段から落ちて亡くなってしまったんですか？」

「何が原因だって？」

「別れ話にしても酷いから、貢いだ分を返すように、非常階段まで追いかけて頼んだら、手を振り払われたんだって」

「未必の殺意ってやつでしょうか？」

「非常階段の鍵をわざわざ持参してたんだろ？　ただの事故のわけないじゃん」

僕達は、何だか居た堪《たま》れない気分になった。こういう悪意に、僕達が普段の生活の中で接することはなかっただけに、やりきれない思いが湧いてくる。

「もしかして、時期的立場的に符合するのって、例の病院の理事長じゃないでしょうか？」

「ああっ、アキトの奴？」

「まさか例のアキトか？」

――アキト？　お前達アイツと知り合いなのか？　アイツがあああ――

突然、女性の目が血走ると髪が伸びて、皆の首に巻き付いた。一部始終見えている僕は、とてもじゃないが耐えられそうにない。息が止まりそうになってきた。

「くっ、苦しい。やめて」

「筐?」

「筐、どうしました?」

「彼女、が、髪で、首を!」

「しっかりしてください。キワさんの言葉を思い出して! 幽霊に物理的な力はないんでしょう?」

そうだった。もちろん、物理的な攻撃力があるわけではないけど、髪が巻き付くのを実際に目にしている僕は、現実的にも首を絞められているようで息苦しく感じてしまう。つまり、錯覚が生じているということなのだろう。昴と諒平も、僕につられて、喉の辺りを不愉快そうに掻いている。

気持ちを落ち着けて深呼吸した。その時、姫さん達に合流したとばかり思っていた母の霊が、入り口近くから喋りかけた。

——お嬢さん、落ち着いて。この子達は、その仁人とは知り合いじゃなくて、このキワさんという人の関係者よ——

母の隣から、花音の霊が続けた。

——あのさ、よしなよぉ。十目井仁人とかいう奴ならさ、あたしの親友のみぃちゃんに酷いことしたし、このキワさんがこんなふうになったのだって、そいつのせいだって聞いたよぉ。だから、そんなことしてないで、落ち着いてちゃんと話を聞きなよぉ

――

同じ幽霊に言われて、ちょっと怒りを収めることにしたようだ。不承ぐではあるが、伸ばした髪を引っ込めた。首から髪が離れていくのを目にすると、錯覚だと分かっていても、ほっとした。

「犯人はアキトの奴で間違いないようですね」

「でも、自殺で処理されたんだろ？」

「証拠はさすがに残ってないよな」

「どうしたら、この女性の無念は晴れるんでしょうか？」

三人で悩んでいると、母の霊がまた聞いた。

――どうして電話していたの？　何か理由があったんじゃない？　――

――いけない、そうだった。多分アタシが死んでから随分経つのよね。しかも、自殺扱いだったらしいし――

「資料によると、自殺で決着して、既に十年近く経っているようですよ」

――やっぱりね。なら、今更事件として扱うのは無理だろうから、せめて、アタシの両親に自殺じゃないって伝えてほしいんだよ。アタシの死後、原因が全く理解できなくて、二人とも生きる気力をなくしちゃったみたいだから――

「それでいいんですか？」

「それって？」

「ご家族に死の真相を知らせてほしいって」

「事件の解決じゃなくて、ですか？」

――できたら解決したいけど――

「本音は解決を望んでいるけど、今更という諦めもあるみたいだよ」

「あとで、神門刑事に、当時の資料が残っていないか聞いてみましょう。それがあれば、結論を覆して、アキトの奴を訴えられないか、葉山弁護士にも検討してもらえるんじゃないでしょうか？」

「なるほど。その通りだね」

「んだけど、彼女のご家族にはどうやって伝えんだよ」

「結構難題だな……」

「あ、手紙。笙、お住まいを聞いてください」

――住まい？　思い出せない……――

僕が首を振ると、諒平が安心させるように呟いた。

「手紙の宛先については、ボク達には強力な助っ人がたくさんいるから、何とかなるって」

「あっ！　笙は心霊写真撮れるじゃないですか。新聞紙みたいに日付の分かるものと一緒に撮影して、その写真同封の手紙に、事情を書いて送ったらどうでしょうか？」

「いいんじゃね？　この人からの伝言とか、家族にしか分からないこととかも書いたら、信じてくれるかも。それなら無記名でもいいんだしさ」

――ん、それでいい――

多くの霊とのコンタクトが、こういうチャンスを引き寄せているのかもしれない。

ともかく、一人の無念は何とか晴らせそうだ。それにしても、普通の幽霊にしては、どうも会話がスムーズすぎやしないだろうか。やはり、亡くなり方に疑問が残る。

〈電話する女〉の霊を伴って美里の病室に移動すると、〈捜す女〉の霊の話を聞いているところの、キワさんや美里とその母の三人の姿があった。

「僕達、〈電話する女〉の霊から事情を聞けて、解決策も確認できたよ。そっちは？」

十目井仁人絡みの事情を踏まえて説明すると、キワさんがびっくり眼で答えた。

――こっちも仁人《アイツ》絡みだったよ。付き合っていたのに、子どもができた途端捨てられたって。だけど、命を貴《とうと》ぶ看護師さんだから、子どもはとても堕ろせなかったみたい――

「あんな奴の子どもなのに……」

「笙、まさか、捜していた赤ちゃんは、アキトの奴の子どもだったのですか？」

「ひでぇな。孕ませといて捨てたってこと？」

――その後、産み育てていることをどこからともなく知ると、突然手のひらを返して、この病院に連れて来られたらしい。健康診断したり親子鑑定したりしたら、認知するとか言ってね。挙句、独りで苦労して産んだ赤ちゃんを連れ去られたんだって――

ほろほろと涙を流す女性の霊は、どちらかというと儚げで、先ほどの女性とはだいぶタイプが違うようだ。この弱さに付け込まれたのかもしれない。反面、捨てられたのに、命に罪はないと頑張って産んだ、芯が強くて優しい人だ。それなのに、一生懸命育てている子を奪われたということか。

昴と諒平に説明しながら、僕は奴のあまりの身勝手さに、昏い靄に取り憑かれて体力を消耗して死のうがどうなろうが、どうでもいいような気がしていた。いやいや、ダメだ。だからって、こんなにも人を不幸にする奴を、やっぱり野放しにはできないな。

「どうしたいと？」

――赤ちゃんと一緒に供養してもらいたいんだそうだよ――

「一緒に供養？」

「それって、赤ちゃんのご遺体の場所さえ分かれば、何とかなるってことですか
……」

――仁人絡《アイツ》みなら、おそらくあの倉庫がネックだと思うよ。女性の名前がいくつもあったからね。この人達の名前が分かれば、持ち出す箱を特定できるからね――

「神門刑事と姫さんが、うまく倉庫で情報を探索できることに期待しようってさ」

血も涙もない仁人の所業に、僕達の間には暫く沈黙がおりた。その重い空気を払《ふっ》

拭《しょく》するように、諒平が提案した。

「鍵のかかった倉庫は、すんなり侵入できたとしても、箱の確認には時間がかかるんじゃね？　それまで、こっちは時間があるから、〈嘆く看護婦〉の霊をこの人数で捜しに行かない？　ボクと昴は、見えないけど」

――それがいいと思うぅ――

花音が、ツインテールをぶんぶん振って同意しているそばで、僕の母の霊が思慮深そうに言った。

――私は、刑事さんと組んでる主人の方に一度合流してみるわ。進捗状況を確認してくるわね。それから、後でそっちに合流して状況を知らせるつもりよ――

「あ、母さん、お願い」

「お母さんは、倉庫の方ですか？」

「うん。昴、鋭いっ！」

「『すうちゃん』てば、探偵みたいっ」

「諒平は煩いですよ」

「まあまあ。キワさん、彼女の目撃証言はどの辺が多いの？」

──裏口あたり。裏の雑木林に出られる扉が一番多いみたい

「呼び出された場所が裏口から出たところだとか？　何か関係あるのかな？」

「確か行方不明のままだよな」

「それなら、雑木林にご遺体があるのかもしれないですね。諒平、そっちですすね」

「分かってる、ボク達はご遺体捜しだね」

あちこち回ったけれど、なかなか見当たらないようで、誰からも連絡はなかった。

それが、夕焼けが西の空に見え始めた頃、突如入り口から裏口に向かう彼女を、僕は発見した。一緒にいたはずの花音はたまたまそばにいないが、僕が見当たらなければ美里の病室に戻るだろうから心配していない。

全身が昏い色合いで、今までで一番恨みが強そうな印象だ。声をかけるかどうするか一瞬逡巡したけれど、さっき昴が言ったように自分のご遺体まで案内してくれるかもしれない。後をつけるのが妥当だと思った。

すぐスマホで発見の報告を全員にすると、僕は全員集合を待たずに、彼女の後をついていった。来た順に僕の後を追ってくればいいと思ったからだ。幸い彼女は小柄な女性の幽霊だから歩くのが遅い。先頭が背の高い僕だもの、余程時間を空けない限り

見つけてついて来るだろう。

　裏口から出た霊は、少し嬉々とした軽い足取りで目的地に向かっているように見えた。誰に呼び出されて、どこへ何をしにいくのだろうか。その後に何が起きるかなど、多分その時は考えもしていなかったのだろう。

　暫く林の中を進むと、少し開けたところがあった。東北方向に小さな湧水が見える。その時点で、既に昴と諒平も追いついていた。突然、僕達は濃い緑と昏い靄に囲まれ、目の前で展開する場景に驚かされた。おそらく彼女の記憶に巻き込まれたのだろう。

「えぇっ、この状況マジっ？」

「霊感はないはずですが、どういう……」

ちょっと慌てている二人の肩に手を置くと、静かにするよう人差し指を口に当てた。どういう理由でそうなったのか、軍服姿の若い男性が彼女の目前に立ちはだかった。記憶の声だからなのか、少しくぐもって聞こえるので、耳を澄まさないといけない。

『明日出征する。帰ってくるまで待っていてほしい。私は貴女を娶りたい』

『私は看護婦になりたいですし、結婚を考えるには早いです。まだ十四ですもの』

相手に対する好意は特になくても、求婚というシチュエーションは、十分に女性の自尊心をくすぐっているらしい。頬が緩んでいる。

『それでも、出征中に誰かのモノになるなど、考えたくもないんだ』

『あなたは、お兄さんのように思っている人です。結婚なんて無理です』

『頼む。約束してくれ』

必死の形相になった男性の圧に恐怖を感じたのか、女性は後退りながら言った。

『嫌です。看護婦になるんです。騙したんですね、この病院の準看護婦に推薦してくれるって呼び出したのに！』

『どうしても嫌なら、私を待たざるを得ないようにしてやる』

男性はそう言うと、か細い彼女に襲いかかった。記憶に手を出すことなどできはしないけれど、僕達はなす術《すべ》もなく行われる暴行に、止められないまでも、せめてこの続きを見たくないと互いに見合った。だが、唐突に暗転し記憶は切れた。

「出征前の男性ならではなんでしょうか……後がないからの恐慌でしょうか……それとも元々自己中心的なんでしょうか。はぁ」

「ひでぇ、戦争に行かされるから、普通の奴もおかしくなってたんか？　はぁ」

「こんなのやりきれない。はぁ」

溜め息のまま沈黙が続いた。三人とも、幽霊の記憶に巻き込まれるという初めての体験に興奮することも忘れて、居た堪れない想いに支配されていた。

それから程なく周囲の様子が変わって、再び記憶に巻き込まれた。ただ、さっきの状況からいくらも時間は経っていないように感じた。人気《ひとけ》がないようなので、ふと見回すと、先ほどの泉の近くの木に、彼女がぶら下がっていた。

「ああ、今も昔も、女性にとっては残酷な仕打ちだったんですね」

「そだよなぁ」

「こういう結果を予測できなかったのかなぁ」

叶えるための努力をする間もなく、夢をつぶされ、操を奪われた女子の無念を、どうやったら晴らせるというのか。

三人とも暗い気持ちになって俯いていたら、再度場景が暗転した。暫くして、今度は白骨化した女性の遺体を、服装で彼女と判断したらしい例の男性が、穴を掘って埋めている様子が見えた。

まだ軍服だが、ボロボロだった。おそらく、戦争からやっとのことで生きて帰って来られたのに、お目当ての彼女は行方が分からなくなっていた。だから、ここまで捜しに来てみたら、この状態で発見した。彼女の服装で、多分直後に自殺したと気付いたはずだ。なのに、こいつは隠そうとしている。本当に愛情があった行為には思えなかった。

「マジかよ。家に知らせるとかナシか？」

「家族の元に返してあげていたら、違っていたのかもしれないのに……この男性はただただ自己中心的な人にしか思えません」

僕は二人の言葉に頷くことしかできなかった。

それから、男は埋め固めた土の上に、大きな石を運んで積み重ねた。『墓を作ったんだから、化けて出るなよ』などという、思い遣りの欠片もない言葉を残して、背を向けた。けれど、僕の目には、去っていく男の後を、一筋の昏い靄がついていくのが見えた。

打ち砕かれた夢や人生を取り返せない無念の上に、家族の元にも返してもらえない哀しさはいかばかりだろう。何をすれば、ここに縛られている彼女を解放してあげられるのだろう。僕にはさっぱり分からなかった。後で、皆に相談するしかないと思っていたら、不意に彼女の霊が僕の目の前に現れた。

――すごく恨めしいぃぃ。だから、私の言うことを聞けぇ。あいつを殺せぇ。できるだけいたぶってなぁ――

そう告げた途端、どこからともなく昏い靄が集束し、彼女を取り巻いた。これは、現在のことなのか、過去のことなのか。混沌とした状態に陥った。すると再び声を残して、彼女の霊は消えた。

――私、看護婦になりたかっただけなのに、どうして――

その言葉の後に何か続きがありそうに思えたけれど、場景は途切れた。僕はただただ混乱した。頭を抱える僕を見て、昴と諒平が心配そうに覗き込んだ。

「あの幽霊、何か言ってきた？」

「無念はどういうところにあるのでしょう」

「よく分からない。最初は、恨めしいから、あの男を無残に殺せと望み、その後、看護婦になりたかったのにと残念がって。彼女の言葉のどの部分を拾えばいいだろう……」

「あの男って、さすがに死んでんじゃね？　一九四〇年代に二十代っぽいもん？」

「生きていらしても、記憶や意識が鮮明とは限らないご年齢でしょうね」

「なら、そもそも最初の望みは叶えるのが難しいんじゃね？」

「たとえ健在であっても、あの望みを叶えるつもりはないよ。ただ、何か落としどころを探る必要はありそうだな」

「ええ、難しそうな気はしますけど、皆さんにも相談してみましょう」

「確かに。殺されたという点で、どうしたいか聞ける幽霊が何人もいるもんな」

「それより、ちょっといいですか？　二つ目の言葉なんですが、私が思うに、自分に対する嫌悪感なのではないでしょうか」

「嫌悪感だぁ？　酷い目に遭わされたってのにか？」

「ええ。だけど、彼女は看護婦になるという崇高な夢を抱いていた女性ですよね。だとしたら、人を助けるとか救うとかいう行為や、人の命を貴ぶことを尊重しているはずなのに、恨んで殺してほしいと願ってしまう自分をどう感じるでしょうか？」

「あ、許せねぇかも」

「自殺も、ただ酷い目にあったからというよりも、自分の抱いた感情を嫌悪したというのもあったんではないでしょうか？」

「なる。自分の信条と相反する状態だな」

「だから、『死ね』とか『恨む』とかを止めて、『看護婦になりたかったのに』という言葉になるんだね」

「ええ、ですから、もしかすると、私の想像にすぎませんが、殺したいという願いを叶えるよりも、嫌悪感を解消してあげる方法を探る方がいいのかもしれません」

「そうだね。確かにそっちの方が可能性は高そうだよね。そういう方向でみんなに相談してみよう」

気が付くとまた現れて、僕達の会話を横で見ていた〈嘆く看護婦〉の霊は、何となくうっすら微笑んでいるように見えた。ここぞとばかりに、美里の病室に来てくれるよう声をかけてから、僕達は病院へと戻っていった。


病室に戻ってみると、既に姫さんと神門刑事が、倉庫から持ち出したいくつかの保存箱を開けて調べていた。

「〈捜す女〉と〈電話する女〉の霊に名前を確認したから、笛吹夫妻と父の分も含めて、該当する箱だけ確保したんだ」

箱の中身を見ながら神門刑事が言った。

「神門さんと、さっきから中を確認しているんだけど。この二人の女性は、病院内で亡くなった上に、都合よくドナーカードが揃っていたので、内臓のほとんどを移植に提供しているのよね」

「本当に自分の意志で書いたドナーカードなんでしょうか」

「元看護師さんは、病院に勤める時に自分の意志で書いたと言ってる。電話の彼女も、治療で来た際に、配布されたカードにやはり自分の意志で書いたと言ってる」

「まさか、だから、目を付けられたんでしょうか」

「そういうことかもしれない……仁人と付き合い始める前の時点で、誰かがドナー登録を確認して治療記録とかを調べた形跡があって、それで、記録が残ったみたいね。多分、仁人《アイツ》だろうね……ともかく、自ら望んでドナー登録するような強い意志の持ち主が、移植をした。だからこそ、幽霊としてもかなり明確な意識が持てたってわけね」

姫さんが、悲しそうに説明した。

そういえば、幽霊に会話や記憶の能力が備わるには条件があるって話があったな。

どういうことか確認しておこう。

「キワさん、ちょっと教えてほしいんだけど」

――ん？　何？――

「お父さんが肉の記憶って言っていたし、前に姫さんも幽霊の会話や記憶の能力には段階があって、キワさんは最たる存在って言ってたんだ。どういうことか教えてくれる？」

――今回の件とはかなり関係があるから、説明しておくか？　おいらからより、姫から全員に説明してもらおうか――

「いいわよ。幽霊の能力の違いね」

ちょっと一息ついて居住まいを正した姫さんは、ゆっくりと言葉を繋いだ。

「笙太君が今まで出会った幽霊で、一番大きな違いって何かしら」

「えーと、美里のお母さんや諒平のお父さんとは、あまり会話が成立しませんでした。ところが、花音や僕の両親、それから今回の七不思議の幽霊達は、かなり会話できています。キワさんに至っては、普通の人と変わらない会話と新しい記憶の取得が簡単にできているように見えます」

「記憶についてはおいておくとして、会話というかコミュニケーション能力に大いに格差があるわよね」

「はい、短文か長文かというぐらい違う」

「それはね、現世にその人の欠片《かけら》がどの程度残っているかによるの。『肉の記憶』『骨の記憶』と私達は呼んでいるのだけど。そもそも思考能力や記憶って、脳みそだけが司っているのではなくて、人の肉体のあらゆるところと関係があるのではないかと思うの」

「なるほど。キワさんの幽霊は、全身が存在しているので、全ての能力が、普通の状態の人と同等なのですね」

「そうだと思う。研究検証したわけじゃないけど、少なくとも私達の周辺に存在している幽霊の違いは、死後、その人の肉体が残存しているかどうかが、大きく関係している」

「なる！　それでキワさんに内臓を移植した笙の父ちゃん母ちゃんは、かなり会話できるんだ。そっかぁ」

「それで、内臓移植したこっちの幽霊達は会話ができるし、〈嘆く看護婦〉の霊も、ご遺体、つまり骨が、お葬式も挙げてもらえずにまだそのままだからなんだ……」

「同じような状況でも、ちゃんと成仏していたら、そもそも幽霊にはなっていないんだけどね。お葬式も挙げてもらえず、心残りがあるともなればね」

「え、じゃぁ、なんで花音は話せるの？　お葬式はあったし、一度は成仏しようとしてたみたいだし」

「事件の被害者だからだと思う。証拠物件にあれこれ残っているだろうからねえ。それに美里ちゃんのこともあったからね」

「でも、そういうのって、肉の記憶や骨の記憶を持つ人達と違って、明確な肉体でも骨でもないんじゃ……」

　不安そうに尻すぼみになる昴の声に重ねるように、姫さんが言い募った。

「んー、何とも言えないけど、花音ちゃんは、もしかすると、ここにいるほかの幽霊よりは、会話能力が、なくなってしまうのは早いかもしれないわね」

「会話できなくなるってこと？　それとも霊自体が自然消滅するってこと？　もしかして昇天しちゃう？」

「分からないわ。花音ちゃんは初めてのケースだし……どれでも、意志がちゃんとあるうちはいきなり昇天するようなことにはならないとは思う。ただ、どんな感情が残ってどんな幽霊になってしまうかまでは……」

「そんな」

「マジか……」

あまり知りたくない情報も耳にしてしまったけれど、幽霊とのコミュニケーションについては、かなり納得できる説明だったように思う。少なくとも僕が確認したかった点については、十分な内容だと思う。

「こんな説明で理解できたかしら？」

「はい、おおよそは。何となく釈然としないところもあるような気はするんだけど、どこって分からなくて」

「いいのよ、それで。私達だって全部分かってるわけじゃないもの。ただ、そうなんだと受け入れているだけだもの」

「あの、そもそも幽霊自体、理屈に合わない現象ですから、あまり突き詰めても疑問が解消するとか、原因が解明されるようなことはないんじゃないかと思います」

「そうよねー。昴君って冷静沈着だわねえ。一番おっとりして見えるのに。お見それしちゃったわ」

「それな。昴は探偵のように観察眼とか判断力がある男なんです」

「そのようね。ところで、諒平君は二人のフォロー役なのね」

「あれっ？　そうきたか？」

「お前、喋るの止めたら？　何か誰からも見透かされてるような気がしてきた」

「マジかぁ～」

　軽口をたたくのが一番上手い諒平のおかげで、随分空気が和らぐことが多い。両親のことも花音のことも、僕にとっては辛いだけの記憶にならなくて済んでいるのは、多分諒平がいるからだ。

　それに、僕の本音を常に導き出して考えをまとめてくれる昴もいる。二人とも、既に僕にとっては欠かせない存在だ。

　個人的な感慨はさておき、僕達は集めた情報を整理した。少なくとも、分かっている範囲で、十目井仁人に関わったせいで、幽霊になった人が何人もいる。キワさん、僕の両親、〈捜す女〉〈電話する女〉の五人だ。

　たとえ時効が過ぎていても、きちんと事情を整理して、ほかの悪行とも合わせれば、事件として成立しないだろうか。資料としてまとめてそれなりの分量になれば、あとのことは、葉一さんの出番だ。

葉一さんには、後日、戻してしまった倉庫の保存箱もちゃんと調べ直してもらい、箱に記された名前と、仁人との人間関係を突き合わせて、全部合わせて訴えられないか確認する作業を一任した。

失くしたカルテを捜すという名目で、姫さんが倉庫の鍵を借り出したので、もう誰かに見つからないかと焦る必要はない。なんとなれば、仁人絡みだと院長先生の名前を借りてもいいということだったから、葉一さんの作業に邪魔は入らないだろう。

そして、僕達は女性三人の無念の解消を目指して、明日活動することにした。

第三節　三つの霊と昏い靄の行方

姫さんの許可があるとはいっても、早朝から集合していたし、さすがに夜の面会時間も過ぎるのはルール違反だろう、という話になって、三々五々解散した。

そして、僕達はすっかり夕焼けの消えた空を見ながら、明日の日曜日に備えて帰宅した。昴と諒平は、今日も泊まるつもりで来ていたので、三人仲良く電車とバスを使って、僕の家に向かった。

夕食用にお握りなどを途中のコンビニで仕入れたので、僕の家事はあまり発生しない予定だ。細かく話し合っておきたいもの。じゃんけんで勝った順に入浴した後、お握り片手に明日の手順についてあれこれ話した。

神門刑事に、正体が判明した三人の霊の身元などの情報を開示してもらえるよう打診している。開示できない場合は、ご家族への連絡などを一切、彼女に一任することにしようと、僕達の中では確認できた。神門刑事には申し訳ないけど、何となく、そうなるんじゃないかな。

そして、成仏してもらう方法は、こう。

先ず、〈捜す女〉の霊は、赤ちゃんと一緒に供養してもらうことが望みだった。幸い、箱の中を確認した姫さんが臍の緒を見つけていたので、二人を繋いでいたモノとして供養すればいいのではないかと、昴から提案があった。

僕も、臍の緒を目にした時、赤ちゃんとお母さんが繋がったように見えたから、きっと大丈夫だと思った。

それから、〈電話する女〉の霊は、箱から出てきた先まで予定の詰まったスケジュール帳に、詳細を記した手紙を同封して、彼女のご両親に送ることにした。これを見れば、自殺のはずがないと納得できると思う。心霊写真は悪ふざけだと不愉快に思われないとも限らないので、止めにした。

その住所は神門刑事からの判断待ちだ。ご両親の健在が確認できていないので、もし健在なら直接送り、もし亡くなっていたら、仏壇かお墓に供えてもらいたいことをメモ付けし、親族宛に二重封筒にして送ることにした。

同封する手紙の文言は誰が書いたかよく分からないようにパソコンで起こし、明朝、本人と大人の目で確認してもらう予定だ。一緒に発送の名義人も確認する手筈だ。これも刑事さんの方が無難な気はしている。

それから、一番難航しそうな〈嘆く看護婦〉については、看護師の姫さんに説得してもらうのがいいのではという結論に行きついた。婦女暴行の被害女性について何か知っているかもしれないので、神門刑事に同席してもらうのもいいかもしれない。

自分に対する嫌悪感が、それだけで解消できるかどうかは分からないけれど、やはり同業者（彼女は未満だけど）からの意見は、聞くに値するだろうし、同じような被害女性の経験を聞くのも、きっと役に立つはずだ。


翌、日曜日には、先ず二人の霊の了解を取ることから始めた。一人にはお寺で無縁仏を供養する方法を提案し、もう一人には手紙の文言を確認してもらった。夕べ考えた通り、二人については、準備しておいた方法で何とかうまく対処できそうだ。ただ、やはり、住所などは個人情報のため開示しない方向だそうなので、結局神門刑事任せになってしまった。

ところが、満足したはずの二人から、突然疑問が上がった。

――ところでさ、あんた達、どうして私らを昇天させたいの？　誰かから報酬とかをもらってるの？　――

――結果に満足はできると思うけど、ちょっと気になることもあるのよ。できたら、私達の質問に答えてほしいの。新たな心残りになりそうだから
「それは、別に答えてもいいけど、気分のいいものじゃないよなぁ……」

「笙？　お二人にはまだ何か要望でもおありなのですか？」

「うーん、どうして昇天させようとしているのか教えてほしいって」

「ああ。私には考えていることがあるので、ちょっと喋らせてもらってもいいですか？」

「いいんじゃね？」

「諒平、ありがとう。先ず、私は幽霊を見る能力がないので、ご意見は笙に伝えてくださるとありがたいです」

返事を待つ体でちょっと間をおいた昴が、懸命に話し始めた。

「同意を得たものとして話しますね。少し前に、笙のご両親が美里さんをアキトの奴から守るために動いた後で、中から出てきた昏い靄を体内に押し戻して抑えたと聞きました。その後、大量の昏い靄がアキトの奴に侵入してきて　弾き出されたと聞いています」

――あいつ、全く懲りてないってことだわね。そんなことだから、余計なモノに目をつけられるのよ――

――本当に、どうしてあんな男と子どもをつくるような間柄になったのかしら。はあ――

幽霊にその通りだと頷きながら、昴に問い返した。

「それが？」

「多分ですが、当初、姫さんとキワさんは、元々アキトの奴の中にあった昏い靄が増大して、笙のご両親が取り込まれてしまうことを心配されていたのではないでしょうか。ですから、七不思議の解明を急いでいたのでは？」

「確かに！　お前の両親が現れた時、姫さんってば、ものすごく驚くと同時に、見るからにほっとしてたもんな」

「そうだった？」

「ボクでも分かるくらいだったぞ」

「ええ、だけど、新しく大量の昏い靄が侵入したことで、心配は新たに増えたのではないかと思うのです」

「そうか。その昏い靄の力によっては、僕の両親だけでなく、こちらのお二人もキワさんも花音も、わずかでも恨みの感情が残っていたら、それをきっかけに、全員が取り込まれてしまう可能性があるからか」

——そういうことだったんですね——

あのさ、私らを昇天させてくれるのは、すごくありがたいけど、どうやってその昏い靄とやらをとっぱらうの？

「今のところこれといった策はないんです。——ともかく、先ずは、七不思議の一番目〈嘆く看護婦〉の無念を何とか解消します。不安材料は少ないにこしたことはありませんからね。それから、大量の昏い靄が侵入してしまったアキトの奴との対決になるでしょうか……」

——ああ、その霊を説得して無念を解消し、私達のように昇天させることができれば、この病院の幽霊は、その昏い靄だけになって、退治しやすくなる、と考えた？

——

「幽霊はほかにもいると思うけど、キワさんの守りが堅いと信じれば、その通りかな？」

——それなら、私らの昇天はちょっと据え置くよ。ところで、その幽霊って、『看護婦になりたかったのに』って言ってない？――

「ええっ、据え置くって！　それよりも、その幽霊をご存じでしたか」

――まあね、同じような場所を巡ってるからね。顔くらいは合わせてる。私は喋ったことはないけどさ――

――私は少し喋ったことがあります。確か、すごく幼い時期に希望を絶たれたと。私は娘を見るような気持ちで、話を聞いたんです。彼女が抱えているのは、恨みではないかもしれません。私は看護婦だったから、気持ちがよく理解できたんです――

「それは……強力な助っ人になりえます」

「どした？」

「昇天する前に、協力してくれるって」

「取り込まれる危険もあるかもしれないのに、本当にいいんですか？　だとしたら、心強い限りです！」

結局、更に会話を進めてから、〈嘆く看護婦〉の霊を説得するために、昇天を保留することで合意した。

その後、美里の病室に〈嘆く看護婦〉の霊にも来てもらい、姫さんと神門刑事、僕の母や花音、女性の霊二人から、あれこれ話してもらうことになった。彼女は男性から酷い扱いを受けた方なので、僕達三人、葉ーさん、キワさんの男性陣は同席するのを控えた。結果待ちである。

キワさんの病室で、話が終わるのを待っていた僕達の下に女性陣が戻って来ると、姫さんが驚くべき事実を告げた。

「彼女と話していて分かったことがあるよ。確か、笙太君が雑木林で彼女の記憶に触れた時、最後に男性の後をつけた小さな靄が見えたと言っていたよね？」

「ええ、するすると足元に絡んで、ついていってしまいました」

「そのことについてだけど。『その時は、どうしても苦しめたくて追いかけたけど、何もできなかった』ので、一度裏の林に戻ったんだって。戻ったものの、やはり、どうしても腹に据えかねて、周辺で見つけた昏い靄を集めて強人な力を得て、仕返ししてやろうと思ったらしいわ」

「そうか、図らずも求心力になってしまったんですね」

「そうみたいだね。驚いたことにね、気が付いたら手に負えないくらい集まってしまって、終いには、彼女の恨みの部分だけを残して、自分自身は靄の中から追い出されてしまったらしいんだよ」

「求心力なのに、追い出されたとかって？」

「昏い靄の総意と、相容れない存在だったたってことでしょうか。つまり、昏い靄の正体はたくさんの幽霊の恨み辛みの集合体で、そういうことに嫌悪感を抱くような心根は、異物だったということですね」

「異物扱いかっ。って、じゃぁ、今の彼女には恨みの感情は残ってないってこと？」

「違うかも。自分の恨む心に対して嫌悪感を抱いたままなのなら、その恨みと感覚的にはまだ繋がっているかもしれないな」

「だとしたら、彼女の嫌悪感を昇華したら、その昏い靄も求心力を失うかもしれません。期待できます！」

「なる。まとめて全部解消できる可能性があるってわけだな」

「あ、いけない。肝心な昇天について何か語ってました？」

「それがね、今更骨を親族に届けてもらっても弔ってくれるような人は、生き残っていないようだよ。だから、君達が見つけた場所にある骨を集めて埋め直し、壊れ難い卒塔婆のようなものを置いてほしいそうだよ」

「それはお金がかかるかも」

「でも存外簡単な方法かもしれません」

「お墓じゃだめなん？」

「何か法律とか規制があるかもしれないから、普通の石で十分みたいだね。ただ、少し文言を刻んでほしいそうよ」

「なん！　亡くなってるのに真面目な人だぁ」

「本当に！　アキトの奴に爪の垢でも飲ませたいですよね」

――これだけ出揃ったら、先ずは女性陣に昇天していただきますか――

「それがねえ、〈嘆く看護婦〉の霊が協力的なのは嬉しいんだけど、こっちの二人もね、仁人の行く末を知ってから昇天したいって言い始めていてね」

そう言った姫さんに続けて、神門刑事が思慮深そうに言い足した。

「私は経緯が分からないけれど、表情は何かを渋っているように見えた。もしもそういうことでも、私の父の霊も結末を知れば昇天するはずだから、揃って確認してもらってもいいかもしれないね。十目井仁人に対しての後腐れを一切断つという意味で」

「なんか説得力ありっ。ボクは賛成！」

「だけど、靄が大量に出てきたら、取り込まれる可能性だってあると思うけど？」

「それは神仏の力をお借りする手もあるかもしれません。清浄を保つ何かをお借りしてきて、対決する場所周辺に置いておくとかは、どうでしょうか」

「お札とかお守りとか？　それとも仏像？」

「諒平〜、仏像は借りられないだろっ！　破魔矢とかどう？　家にあったと思うよ」

「さすがに家用のはダメだろ。ともかく、神様が喧嘩しないように、同じ神社のお守りとかお札とかなら、一緒にあれば最強なんちゃう？」

「何だか効果に怪しさ満載ですが、ほかに思いつきませんから、それでいきます？」

――そうだ！　笙ちゃんのご両親が弾き出されたでしょ？　もしかして、希望を強く持つとか、守りたいものについて考えるとか、意志を強く持っていることも必要かもしれないよね――

「昇天するだけなのに、意志を強く持つ必要がある？」

「笙、私もそう思います。昇天できる、無念を晴らせると強く思えるものも、一緒に置いておきましょう。靄の誘惑に負けないように」

「それって手紙とか臍の緒とか卒塔婆とか？」

「諒平、いい勘してますっ」

かくして、僕達はアキトの奴と昏い靄に立ち向かうべく準備を万端に整えた。生憎、すぐに卒塔婆に相当するものは用意できそうになかったので、大き目の石を捜し出して、お骨があった辺りに置くことにした。ちゃんとお骨を集めて、文言を刻んだ石を設置するのは、後日で了解を得、全員で供養した。

「今度、ちゃんとお骨を拾い集めて整えますね。だけど、アキトの奴と対決するために、今日は簡易だけどこの石を代わりにしますね。ご希望の言葉は油性ペンで書いてあるけど、次には必ず刻んでもらいます。どうぞ穏やかな気持ちで昇天してください」

僕が代表して祈ると、皆瞑目した。

——これで、彼女はいつでも昇天できる状態になったかな？　おいらから最後にお伝えしたいことがあるから、みんなは次のことに備えていてくれる？　後で彼女と一緒に合流するから——

幽霊同士で、何か助言があるらしかった。後日、聞いたところによると、諒平の実のお父さんである小倉創平さんが、死の間際、一旦昏い靄に取り込まれながら、強い意志で撥ね退けた様子を見せて、教えてあげたんだって。最後に必要なのは、清廉な強い意志だと。

あの場ではよく分からないままだったけど、時間が押しているから、みんなその指示に従った。ともかく、姫さんには先に、アキトの奴を理事長室に呼び出しに行ってもらった。何て言って呼び出す予定なのかは知らないけど、いないことには話が進まない。日曜日で病院には来ていないだろうけど、多分父親である会長から、美里の件で謹慎を言い渡されているはずだから、暇だろう。きっと来る。

さて、幽霊、生きた人間共《とも》に、昇天に必要なモノを携えて理事長室に向かった。室内に入ると、近所に家のあるアキトの奴は既に到着して、姫さんと睨み合っていた。七不思議で明らかになった過去の悪行について暴露することになっているので、姫さんの表情はおっかない。

僕達は、ローテーブルに持参してきた神頼みなあれこれを置くと、姫さんの後ろに待機した。神門刑事は仁人が逃げ出さないように戸の前に陣取っている。葉ーさんは、いつでも法的なことを説明できるように、分かっているだけ全部の事件のメモを持参している。

さあ、勝負だ。囲まれて虚勢を張っているアキトの奴に、姫さんが一気に畳みかける。

「仁人、あんた、祖父江侑一以外にもあれこれやらかしてたようね」

「な、何のことだ？」

「この背の高い青年はね、今高校二年生の佐藤笙太君、元の苗字は笛を吹くでウスイ」

「ウス？　知らねえな。誰だ？」

「分からない？　なら、思い出させてやるまでよ。十五年前のことだよ。あんたは追突事故を起こしたのに、その事実を隠したね？　笛吹奏太さんと芙柚香さんのご夫婦に笙太君の三人家族だった」

「あ、あれ……な、何のことだっ」

「思い出したようだね」

「あ、あれは、兄貴のためだ」

「どうだか。事故を隠すための言い訳に使っただけだろう？」

「看護婦なんかに分かるかっ」

「看護婦なんか、ねえ。随分下に見てくれてるじゃないの」

「や、雇ってやってんだ。つ、つまり、使用人と同じだからな、と、当然だ」

「その看護婦なんかに、子どもを孕ませた挙句、生まれた赤ちゃんを奪ったこともあったはずよね」

「な、な、何を言ってんだ？」

「この写真の女性看護師さんだよ。見覚えがあるだろ？『彼女が健診に連れて来た赤ちゃんを自ら連れ出して殺したのに行方不明だと吹聴している』という噂を流したのはあんただろ？それじゃあ、彼女は周囲から被害者面しているように見られたわけね。そうやって追い詰めて、彼女を自殺に追い込んだんだろ？」

「認知は、しし、してやるつもりだったんだ。だけど、ちょ丁度手配する予定だった、よ、幼児がいなくなって、しし仕方なかったんだ」

幼児を手配する？その禍々しい言葉に、突然僕は思い出した。事故の記憶がライブ映像のように目の前に流れてきた。今よりもっと若かったアキトの奴が、車の中を覗いて言った言葉が、僕を恐怖に陥れたのだった。そして、心に大きな傷を受けたのだ。

『お、丁度いい。大人の男女と幼児、全員一緒に揃ったじゃん。このまま兄貴に渡せば、祖父江のこともうまくやってくれるはずだからな。あれっ？子ども、まだ生きてやがる』

　破損してガラスの吹き飛んだ窓から手拭いを持った手が伸びてくるのが見えて、二歳の僕は声にならない悲鳴を上げて、意識が飛んだ。

「あああっ、思い出した！　こいつが両親を交通事故に見せかけて殺した」

「笙、覚えてたのかっ？」

「ああ、思い出した。一言一句違わずこいつの言葉を言える。まだ息のあった僕を、幼児が必要だからって殺そうとしたんだ」

「幼児が必要だったって、一体どういう状況なんですか？」

「そ、それは、運転手のじじいに止められて、や、止めた。へ、平民と違って、こ、断れない筋の、よ、要請ってのがあんだよ」

「要するに僕の死体が手に入らなかったので、この女性の赤ちゃんを奪ったのかっ！」

「酷い……命に命かよっ。血の繋がった赤ちゃんじゃねーのかよっ」

「あなたのお兄さんは、そういうご遺体だとご存じだったのですか？　知っていながら移植手術をしたのですか？」

「知らねーよ。じじいが事後処理を引き取ったからよ。でも、遺体があれば祖父江に移植して事を収められると言っていたから、丁度いいとは思ったかもな」

「あんたの兄は現外科部長よね。今更醜聞になるのは移植された患者さん達が困るだろうけど、私が知った事実は全部、彼には伝えるからね。それに、あんたは十年ほど前にも女性を一人殺害しているでしょ。殺人は、時効が関係なくなってるからね。もう、逃れられないわよ。臭い飯食ってくるのね」

「く、臭い飯って、な、何、言ってんだ？」

「こっちの写真の女性だよ、非常階段から突き落としたでしょ」

「う、うおっ、こ、こいつが金を返せってしがみついてくるから、振り払っただけだ」

「ふん、わざわざ非常階段に連れ出して？」

「そ、そんな証拠はないぞ。そ、それに自殺としょ、処理されたんだ。い、今更だっ」

「今更？　別件で取り下げられたものも含めて、強制わいせつ罪を問えるような件や、手を下したわけではなくても自殺に追い込んだ女性は多数いる。名前、全部言うか？　一つ一つ調べ上げて立件してもらうか？　私は刑事だから不可能じゃないし、この人は弁護士だ。その気になればできるぞ」

「この女性はね、十四年ほど前に亡くなった神門刑事のお嬢さん」

「み、神門刑事？　ま、また知らねー奴かよ。い、一体誰だよ？」

「笛吹夫妻の事件を調べていた刑事さん」

「そ、そそそんな奴知らん」

「知っているようね。まさか殺したの？」

「か、か、勝手に十目井家の倉庫に入っていたから、脅しただけだ」

「父は病院の階段で足を滑らせて事故死したと聞いているが、」

「わ、わざと突き落としたわけじゃねーぞ。シ、シツコク追ってくっからだ」

「語るに落ちるって、正にこのことですね」

「あんた、碌な死に方はできないわよ」

「どう償ってもらう？　マジで」

「な、なんで、つ、償うんだよおおおおお」

突然アキトの表情が凶悪なものに変容して、昏い靄がぶわりと全身から現れた。靄はアキトに向かって『殺せ、殺せ』と囁いているようだったが、当人は人間だけでなく多数の人型の靄にも囲まれていることに気付いて、怖気づくと尻餅をついた。

つい最前の凶悪な表情はどこへいったのか、情けないほど震えている。

その時、それまで文字の記された石の上に黙って佇んでいた〈嘆く看護婦〉の霊が、既に準備を終えていたので、煌きながら昇天し始めた。すると、彼女の手から昏い靄に向かって伸びた黒い紐のようなものが、その煌きに合わせるように先へ先へと点灯しながら靄に近づき始めた。

程なく、靄の核になっていた部分から、おそらく彼女の負の感情の部分が一緒に光を放ち始め、ついにはキラキラと光る紐によって彼女の手に繋がった。

靄の核になっていた部分も彼女の一部だからか、彼女自身が強い意志で昇天を願うと同時に変化した。光に触れた部分の靄が消失し始めると、核の部分は求心力を失い、靄はばぁっと砕け散った。

大半は光って消失したと思われるが、小さくなった靄の行方は分からない。それでも、当面病院に近寄って、患者さんを害することはないように思う。僕達が七不思議を解決したことで、アキトの奴に取り憑いていた昏い靄すらも霧散させてしまったようだ。

人間の核の部分に取り憑かれていたため、それが急になくなって廃人同然になってしまったアキトの奴の今後は、全く分からない。父親の院長先生や兄の外科部長に事の次第を全て伝えたので、後事については経営者一族が考えるだろう。もう、僕達はこの件に関わりたくない。うんざりだ。

それより僕は、現世との繋がりの薄い花音や、今回のことで満足のいく結果を得た両親と、もっともっと話をしたい。いつか昇天して消えてしまうかもしれないなら、その前にできる限り話しておきたい。

まだ、その気持ちを伝えてはいないけれど、きっと同じ気持ちでいてくれるだろう。

第四節　いざ、文化祭

さて、目いっぱい活動した日曜日が終わると、翌二十四日月曜からは夏休み最終週だ。ここからは、部活と講習と文化祭の準備が列をなして待っていた。でも、クソ忙しいのは僕にとっては幸いだったようだ。

生々しい事件の記憶や両親の死の真実、キワさんの本当の姿を知ってしまったこの数週間は、心身ともに休まる暇がなかったのだと思う。昴と諒平のおかげで、のっぴきならない状態は脱したけれど、事実が心から消えることはないのだから。

何かに没頭していると気にせずに済むもの。

そういえば、文化祭の準備では、実行委員の野田君達が経費削減で材料費をけちり始めた。そこで野田君を説得したのはなんと諒平だった。そういう論理的な口喧嘩は、昴の方が得意そうなのに意外だった。

「材料費がカツカツでさ。食パンさ、四ツ切りから八ツ切りに換えてくんね？　あと、寒天用のラムネはサイズ小さいのにしてほしいし、金魚は一匹で手を打ってくれ」

「野田ちゃんよ、今材料費を削ったら、売れ行きが悪くなるかもだぜ。こういうのは、利益率を重視しすぎると、評判を呼べねぇ。食パンは最低六ツ切り、あとの二つは見た目重視だから、変更不可っ」

「ええっ、そこを何とか」

「元々文化祭の出し物で儲けは度外視だろ？　赤字にしなければいいんじゃね？」

「儲けは生徒会から義援金として被災地に送られるんだよ。多い方がいいじゃん」

「自転車操業的になるかもしれないけど、利益を出しながら材料費を確保する方向で考えた方がいいし、食いもんの質を下げるのは悪手だぜ。絶対」

「そうですね、おいしくないお菓子は、誰にとっても魅力がないでしょうからね」

「じゃあ、食パンだけ六ツ切りで手を打つよ。あと、餡子の量も若干調整してくれよね。ああ、ほかに切り詰めてくれるとこないかなぁ」

「餡子は甘いと感じる最低量を探っておくよ」

僕達から協力できるのはその程度だと思っていたら、昴は視野が広い。もう一手。

「室内の看板は雨に強くなくてもいいですから、インクの質を落とすとか、私達裏方の衣装は止めるとか、ではいかがですか？」

「その二案もらった。いけそうだわ」

案外すんなり引いてくれたので、僕は思わず諒平に感想を投げた。

「お前、経営とか向いてんじゃね？　めちゃくちゃ説得力があったわ」

「うんにゃ、母さんの受け売り。ＰＴＡの屋台での話を聞いておいた。どんなところでも、最後は経費節減が必要になるからってさ。食パンのサイズダウンも母さんの発案」

「おお、諒平の母上、お手柄です」

「「ぶっ、ハハウエって」」

三人同時に吹き出した。どんな時にも腹の底から笑える友人がいるって、本当に心強い。

「でも、美味しいって食べてもらいたいもんな。極端に質を落とさずに済んでよかったよ。昴が複数案出したのも功を奏したね」

こうして？　文化祭の準備は着々と進んでいる。だけど、行事明け二週間ほどで、僕達には大学受験を視野に入れた全国模試が待っている。よく考えなくても全く時間はない。

のんびり笑っている場合じゃないかも。

それから、大事なことを忘れちゃいけない。美里達に、キワさんからの提案である諒平の祖父母との養子縁組の説明が必要だ。実現性はともかくも、一歩一歩前に進むことが大事だから。

夏休み最後の土曜日に、再び美里の病室に皆で集まった。もちろん義母ちゃんにも声をかけた。変なメンバー構成に不審そうだったが、姫さんと葉ーさんの大人組が僕達をうまく紹介してくれたので、すんなり話し合いに移行できた。

皆で協力して動くところまで説明して、義母ちゃんに諒平の祖父母に会ってもらう約束を取り付けた。心なしか、義母ちゃんの帰っていく足取りが軽いような気がした。

その後、義母ちゃんの心が決まって依頼へと方向性が確定したら、今度は祖父母さんの説得要員として諒平の両親にも出張ってもらう予定だ。

〈江戸指物〉のことを写真や現物を見せながら話したら、誰よりも興味を示したのは美里本人だった。本人が乗り気なら、きっとこの話はうまくいくだろう。周囲が真剣に取り組むことは間違いないからだ。

暫くして、美里の体に変化が現れ始め、目覚めの近さが窺えた。同時に、美里の母親と花音には二人で何か考えることがあるらしく、養子縁組が決まったら話があると言われた。キワさんは想像がついているようだ。

――おいらが思うに、昇天する道を選ぶんではなくて、揃って別の選択をするような気がするよ――

「それって、現世に留まるってこと？」

――近いけど、違うかな？　ただね、花音ちゃん単体で会話できるのは、そう長いことではないかもしれないよ。後悔のないように喋っておくんだよ――

「？　よく分からないけど、そうするよ」

昇天と幽霊以外にも道があるのだろうか。よく分からないけれど、悪いことではないと信じたい。

それから、嬉しいことが一つある。

キワさんと僕の両親に内臓移植という繋がりがあることが分かり、比較的幽霊でいることが難儀ではないと知った僕からの要望で、二人がもう少し僕を見守ってから昇天することを選んでくれたことだ。

両親のいなかった十数年を、何とか埋められるだろうか？　喋るだけじゃ、物足りない。旅行に行ったり、出かけたり、あれこれやってみたい。文化祭にも来てほしい。

夏休みが終わり、文化祭の準備は大詰を迎えた。女性の服やメイド用のエプロンを試着する男子達が、意外ときゃぴきゃぴ嬉しそうなのは、気のせいじゃないと思う。目の覚めるような出し物ではないけれど、そこそこ人が集まりそうだ。僕達は、文化祭の成功を疑っていなかった。

文化祭は、前夜祭と後夜祭を含めて三日間続く。九月十一日金曜日の夜から十三日日曜日の夜まで。周りに流されて終わった去年と違って、僕達はどっぷり雰囲気に浸って、楽しいお祭りを堪能した。

エピローグ

文化祭の余韻も全国模試のおかげで、すっかり消え去ってしまった九月末。ちょっと腑抜けている笙ちゃんを含め、おいら達は美里ちゃんの病室に集まっている。

間もなく別れの時がやってくる。神門刑事のお父さんや笙ちゃんのお父さんも一緒に、男性の霊は、おいらと喋っている。

今回、葉山はいない。夏の間、後回しにしていた仕事が山積みで忙しいらしい。おいら達とは直接喋れないから、という遠慮もあったみたいだ。諒平君と昴君の二人がいないのも、多分同じ理由だろう。気を使わなくていいのに……。

女性達は生者も死者も一人一人挨拶を交わしている。全員が昇天を選んだわけじゃないけれど、幽霊として残るヒトは多いわけじゃない。

女性の幽霊達とは、昇天することを選んだ〈捜す女〉と〈電話する女〉の霊、それから残ることを選んだ、花音ちゃん、美里ちゃん本人とそのお母さんと笙ちゃんのお母さん。美里ちゃんの霊体はだいぶ薄い。目覚めが近いのだろう。

笙ちゃんのご両親は、笙ちゃんのために、もう暫く現世に留まることが決まっている。笙ちゃんからのたっての願いを断れるはずもないよね。笙ちゃんが満足するまで、近くに寄り添っているつもりだそうだ。おいらの出番が減っちゃうかも。ちょっと淋しい……

それから、花音ちゃんと、美里ちゃんのお母さんは、おいらの想像通り美里ちゃんに同化することを選んだ。

多分三人の霊体が一つの体に同化すると、美里ちゃんの今までの記憶は消えるだろう。それが一番の目的のようだけど、きっと行く末が心配というのもあるのだろう。

同化してしまえば意識は保てないだろうけど、近くで見守りたいそうだ。

そして、生者の関係女性である姫、神門刑事も、皆のそばにいて時々言葉を交わしている。神門さんは姫経由だ。後で、笙ちゃんのお父さんに筆談を頼むらしい。

そんな彼女達を見ておいらはふと吟じた。

――天つ風　雲の通い路　吹き閉じよ　乙女の姿　しばし留めむ――

「あれ珍しい、キワさんが短歌なんて。何か聞いたことある句だね。何だっけ？」

――ふむ、百人一首の一つだな――

――笙ちゃんのお父さん、さすが年の功。そうそう、僧正遍昭さんが詠った句で古今集に収録されたやつ。おいら、子どもの頃から好きだったんだあ。お暇な子どもだったから、飽きるほどやったのよ、坊主めくり――

「ぷっ、坊主めくりかぁ。突然高尚じゃなくなっちゃったよ。さすがキワさん」

――ぷう、いいじゃん〜。だけど、この光景にぴったりでしょ〜――

「そうだね……忘れたくないかも。本当はね、父さん母さんだけじゃなくて、できれば短歌の通りみんなずっといてほしいな」

少し寂しそうに呟いた笙ちゃんだったが、「あ、あの人達光り始めちゃった」と慌てて、煌く霊体に向かって手を振った。

おいらはというと、

(笙ちゃん、亡くなった人にあまり多くを望んじゃいけないよ。おいらだって、ご両親だって、いつかは昇天するんだからね。生きている者同士、うんと心を寄せ合って生きていくんだよ)

心の中で笙ちゃんに語りかけながら、高く煌きながら逝く姿を暫く惜しんだ……。

あとがき

初めまして、もしくはお久しぶり。二ツ木斗真《ふたつきとうま》です。念願の三冊目です。

何はともあれ、上梓できたことは喜ばしい。十数年前はそれが夢で始めたのに、三冊目ですもの、自分を褒めることにします。ただ、今では次の作品を待って下さる方が増えることが目標に変わっていますので、ずっと書き続けるつもりです。

さて、幽霊キワさんと高校生笙ちゃんのオハナシも三作目になりました。一作目が二〇一八年二月、二作目が二〇二一年十二月の上梓でしたから、六年越しの続編。

遅筆なせいで、笙ちゃんたらまだ高校二年生です。某少年探偵も某猫型ロボットでも、主人公はみんな年齢そのままだから大丈夫と、自分に言い聞かせています。

今回は、本文について触れる前に、いの一番でお礼を言いたい方がいます。表紙のデザインをして下さった谷井淳一さんです。一作目をお願いした際、アニメっぽくなくとか幽霊の雰囲気が出るようにとか、割と無茶ぶりの要望を伝えていただいたのですが、上がって来た見本を見て、思わず見惚れてしまいました。

ともかくかっこいいんです。今も溜息つきつつ並べて見ています。是非とも次の作品も頑張らねば、というやる気が湧き上がって……って、いつになることやら……

もちろん今回も上梓に関わってくださった方々にも深く感謝をお伝えしたいです。出版企画部の飯塚さん、編集部の宮田さん、校正担当の方、印刷や配本に携わってくださった皆様、本当にありがとうございました。


で、内容ですが、今回はとっても盛沢山。ベースは病院で起きている霊象の七不思議を調べていくんですが、そこには今まで伏せられていた秘密が見え隠れします。

笙ちゃんの両親のこと、キワさんのこと、美里ちゃんの今後のこと……あれもこれも分かるようになっています。当然、高校生達の普段の生活風景も交えて、お話は進行します。だから、この巻が一番盛り上がったんではないかしら？　楽しんで読んでいただけたのではないかしら？

という自己満足は、実は同時に不安を抱いている点でもありますけど。もしかしてもっと面白く書けたのではないかと、悶々と悩む日々です。

最後に題名に込められた意味が書いてあります。幽霊キワさんの感傷です。キワさんてば霊体ってだけで、普通のおじさんですから……

最後まで読んで下さってありがとうございました。

著者プロフィール

二ツ木 斗真（ふたつき とうま）

◆1963年５月８日に兵庫県で生まれ、10歳からは東京育ちで、在住歴は、はや50年ほど。

◆早稲田大学教育学部を卒業した後、一旦一般企業に就職しましたが、出産に憧れて寿退社。以来、主婦歴33年で３男児を育てました。

◆さて、子育ての一段落が近づくにつれ、何だか人生が面白みに欠けるように思えてきたので、子どもの頃抱いた小説家になる夢を叶えるために活動することにしました。書き始めてから15年ほどですが、まだ頑張って書き続けます。応援してくださいね

◆2014年６月に東京図書出版から『秘匿～少年（弟）～』、2018年２月に文芸社から『紅嵐《アカアラシ》×《ニ》渡雲《ワタルクモ》』、2021年12月に『繁吹雨《シブキアメ》×《ニ》翔雲《カケルクモ》』を上梓しました

天風《あまつかぜ》×《に》通雲《かようくも》

2024年３月15日　初版第１刷発行

著　者　二ツ木 斗真
発行者　瓜谷 綱延
発行所　株式会社文芸社
〒160-0022　東京都新宿区新宿１－10－１
電話　03-5369-3060（代表）
03-5369-2299（販売）

印刷所　株式会社暁印刷

ISBN978-4-286-24567-6